I0542487

Bajo la sombra de
don Simón

Fábulas inverosímiles en dimensiones
paralelas en tiempo pos-pretérito

Germán T. Cruz

Bajo la sombra de don Simón
Fábulas inverosímiles en dimensiones paralelas en
tiempo pos-pretérito
Todos los Derechos de Edición Reservados
© 2017, Germán T. Cruz
Pukiyari Editores

Prohibida la reproducción total o parcial de este libro.
Este libro no puede ser reproducido, transmitido,
copiado o almacenado, total o parcialmente, utilizando
cualquier medio o forma, incluyendo gráfico,
electrónico o mecánico, sin la autorización expresa y
por escrito del autor, excepto en el caso de pequeñas
citas utilizadas en artículos y comentarios escritos
acerca del libro.

ISBN-10: 1-63065-079-X
ISBN-13: 978-1-63065-079-7

PUKIYARI EDITORES
www.pukiyari.com

"Aunque un buen reparto de cartas en los naipes es una cosa muy extraña que pueda ocurrir, nada puede ser tan extraño como que no ocurra".
—Tomás Hardy

Dedicada con cariño a mis abuelas Jesusita y Natividad, que alimentaron mis sabores.
Para Maria Eugenia, que alimentó mis horizontes.
Para mi gallo "Colorado", que murió de infarto cuando creyó que la sombra de un avión era la de un gavilán.
Para mis sobrinas, que saben danzar y mis nietos que tal vez no puedan danzar.
Para don Simón, todavía grabado en mi cráneo.
Para mi profesor de Física, que anunció el fallo total de mi vida antes de mi graduación.
Para mi profesor de Cálculo, que me hizo entender la dimensión de no saber.
Para Karen, que llena mi vida con esencia de cariño.

Índice

Praeludium

Me llamo Emilio. Es un nombre que ha pasado de padre a hijo por varias generaciones. Más que un nombre, es una cuerda que nos une a través del tiempo. Como esos peces engarzados por las agallas a un aro de alambre con la mirada perdida en un punto de fuga al borde del bote. No tengo otra opción que llamarme Emilio. Mi nombre completo es Emilio José Antonio Palacios García. El José Antonio viene de los nombres de Simón Bolívar que mi padre insistió en ponerme como un memorial a su héroe. Gracias a Dios no me puso el "De la Santísima Trinidad" que completaba la nomenclatura. Informalmente, en familia, me llaman Toño o Chepe por esa aversión social a usar nombres completos y racionales. Nunca uso esos nombres cortos, excepto en el nivel más íntimo de familia. Por tener un nombre tan largo y bastante histórico soy bastante formal en mi trato. Prefiero ser llamado don Emilio en público. Me hace percibir un poco de respeto sin ser coloquial. Aunque tengo el título, no me gusta ser llamado doctor, al menos en medios académicos donde el título vale algo. No necesito llevar sobre mí algo popular o de moda. El nombre no me hace, aunque yo hago el nombre de la manera en que vivo y me conduzco. Mi padre enfatizaba eso como un punto ético que se volvió normal en mí. Siempre queremos ser definidos de manera diferente, como lobos que quieren ser conocidos como ovejas. Me conformo con ser lo que he podido ser.

Nací en Roldanillo, casi catorce kilómetros al lado izquierdo de Zarzal y el ferrocarril del Pacífico, pasando el río Cauca hacia las faldas de la cordillera occidental. Vivo entre Cali y Roldanillo, en mi estudio o en la casa de mis abuelos, un poco arriba en la loma cerca del pueblo. Mi estudio son dos cuartos con un balcón en Santa Rita, cerca del río Cali, que contiene mi biblioteca, una mesa de trabajo, un caballete y una cama enorme cubierta de almohadas. Las almohadas son como una especie de acantilado donde me refugio por la noche y a veces por las tardes. Una mucama viene dos veces por semana para cambiar las sábanas y limpiar donde se necesite limpiar. Me ha servido por más de treinta años y la trato como a alguien de la familia. La heredé de uno de mis tíos. Le he facilitado invertir para una pensión de jubilación mucho antes de que fuera promulgada una ley al efecto, no por sentimientos nobles sino por convicción propia y afecto por su entrega y fidelidad. Si somos iguales en esta república democrática en que vivimos hay que demostrar esa igualdad de manera concreta y justa, sin preámbulos ni disquisiciones. Compartimos la misma edad y algunas de las mismas aficiones.

Las paredes están repletas de fotografías y láminas que corto de revistas porque me gustan los temas o el color. No hay plan o estrategia. Mi amigo José, que es siquiatra, trata de analizar esta colección para determinar mis inclinaciones reales y su influencia sobre mi ser. Tal vez podría escribir un libro o hacer uno de esos libros de mesa que da placer hojear perezosamente por falta de otra cosa que hacer. Está obsesionado casi desde nuestros tiempos en secundaria con encontrar mi expresión de normalidad y encajarme dentro de una definición freudiana compacta y utilitaria. Cuando cree que me tiene tasado, salto a otra rama como una de esas ranas de ojos rojos y se le frustra la definición. No es necesario ser definido le he venido diciendo por casi cincuenta años. Él es un freudiano terco y hay que dejarlo perseguir sus parámetros insanos. Creo que en medio de todo perdimos el camino bastante temprano en nuestra jornada y seguimos viviendo simplemente por tener pulso y curiosidad. Si perdemos el pulso, la curiosidad nos seguirá moviendo.

No colecciono arte otro que mis bosquejos. Admiro el trabajo de muchos artistas, pero no deseo poseerlo, lo mismo que con todas las mujeres que cruzan por mi camino. Dice el poeta americano Kenneth Patchen que *"El explorador impaciente inventa una caja donde guardar todas las jornadas"*. Yo tal vez tenga muchas cajas o un número bajo de jornadas. Al lado de la mesa tengo un estante con el capitel de una columna al estilo corintio soportando una copia enorme del Diccionario de la Lengua Española por la Real Academia de la Lengua Española que me regaló el abuelo cuando completé la secundaria. La palabra "mamotreto" llega a la mente al verlo pero lo tengo como un homenaje al carácter artesanal del libro y su tamaño. Parece que contiene todas las palabras del mundo. La cubierta es gruesa, de cartón y cuero con letras doradas que proclaman el estilo de otra época y la habilidad de un encuadernador ahora anónimo. La columna es un trabajo de un marmolero local en respuesta a una fotografía que le mostré de las ruinas de Palmira en Siria. En términos más prosaicos el estudio tiene también una estufa y un refrigerador junto con una pequeña alacena donde unos bananos indolentes duermen sobre cajitas de condimentos y mezclas de sopas y tortas. No cocino mucho. Me gusta ir a restaurantes para observar a la gente y comer esas cosas diversas que yo no puedo cocinar. En la casa de mis abuelos tengo una alcoba y una oficina o estudio con dos sillones forrados en cuero de gamuza y una mesa de trabajo. Para escribir tengo una máquina Royal de oficina, tan grande como una locomotora, y una silla muy fuerte que resguarda mi espalda como enseñaban en la escuela. La máquina es enorme y parece que, como el diccionario, fue diseñada para contener todo el pensamiento del mundo. Ya no la uso pero permanece como un monumento a otra época y esos ensayos que marcaron la marcha por la secundaria. Tiene cinta de dos colores y mis sobrinas se deleitan en usarla para escribir ensayos con doble color. Contra la pared tengo unos estantes con varios libros y figurinas que he recogido en mis viajes. Peces tropicales tallados en madera de mis viajes al Caribe, muñecas de varios países, gaticos monederos de buena suerte del Japón, animales de diversos materiales, botellitas de licores exóticos, gatos de porcelana y toda clase de recuerdos especiales. Son pedazos de memoria en caso de que me olvide donde he estado. Mis sobrinas se deleitan en jugar con ellas inventando viajes y epopeyas muy lejos de lo que son en realidad.

Mi abuela vende verduras, quesos y jaleas en el mercado y mi abuelo cultiva uvas y sandías en esa casa que él heredó de sus abuelos en una de las lomas en la falda de la cordillera que son cortadas por una trocha o camino de herradura que se desliza desde La Unión hasta el centro del pueblo, saltando sobre la quebrada en un puente de cal y canto que viene de un tiempo ya olvidado. Por allí pasan campesinos de las montañas a mercar y hacer devociones en la iglesia mayor que domina la plaza central, como lo ordenó en sus Leyes de Indias, don Felipe el prudente, hijo de Carlos Quinto, monarca supremo del Santo Imperio Romano.

Desde temprano en la mañana de cada sábado se podía oír ese tropel de gente y bestias de carga moviéndose con gran urgencia para coger los mejores puestos alrededor de la plaza de mercado. Había en todo un afán de llegar y vender y beber hasta la embriaguez antes del mediodía. Por un rato imaginaba este flujo de gente como esa caja de Furias que Pandora abrió para desgracia del mundo. Estos son labriegos que con azadón y machete trabajan sus huertas para recoger una cosecha que cubra sus necesidades y proporcione un gesto de jolgorio con vestidos, zapatos y unos tragos de aguardiente luego de la misa. Son gente sencilla, enraizada en sus fanegadas cultivando esperanza. El personero municipal estaba siempre presente al borde de la plaza desde muy temprano dirigiendo tráfico, asignando espacios, calmando cabezas, resolviendo entuertos y gozando de ofrendas de frutas y vegetales. Por encima del alcalde y el consejo municipal, estaba siempre el personero representando los intereses de la comunidad. Sobre él convergían problemas de toda índole y se esperaban soluciones de igual medida.

Era una herencia o un vestigio del régimen español colonial. Más que una posición era en realidad un ministerio que cada día de mercado surgía de un despacho en la alcaldía para mantener paz y cordialidad además de cobrar impuestos.

La plaza era nada más que un gran rectángulo en la mitad el pueblo. En tiempos pasados era un baldío con vacas, caballos y ovejas dominando el espacio. De un plan inicial de ordenamiento con una cuadrícula de baldosines diseñada por los bachilleres de la escuela superior se había pasado al alboroto general de una formación libre similar a un rebaño de chivos saltando por el brezo. Cada cual tomaba su espacio con gran libertad de asociación sin preocuparse por los demás. El ordenamiento cuadriculado les parecía muy estricto a muchos para quienes esa geometría euclidiana era un asunto foráneo y tal vez muy totalitario. El resultado era que no existía una manera expedita de circular entre cajas, costales y mesas bullentes de productos además de los montones de desperdicio de hojas, papel y frutas podridas. Encontrar algo o a alguien se tornaba en una aventura muchas veces infructuosa. El orden del mercado era así un asunto biológico estructural, como intestinos de cerdo regados sobre una mesa o una infección avanzada de moho negro. Esto aumentaba el nivel del ruido con llamados a viva voz para atraer clientes, promover productos o encontrar amigos. Durante toda la mañana el caos reinaba por la plaza para deleite de algunos y frustración total de otros. Todo tomaba más tiempo de lo pensado y amas de casa marchaban perdidas entre la multitud encontrando por pura suerte o casualidad lo que necesitaban. Bananos al lado de tomates y carne de cerdo enseguida de alverjas y repollos. Alrededor de la plaza estaban oficinas y locales de venta de implementos, farmacéuticos y grano, además de la alcaldía, la iglesia y la escuela primaria. El consejo municipal discutía este tema del desorden cada mes sin poder llegar a una solución. Muchos fueron elegidos con la promesa de arreglar el enredo, pero muchos también peleaban por mantenerlo todo como estaba en un gesto extremo de libertad o libertinaje, tolerancia, ofuscación y tradición. Así nada pasaba para placer de todos. El desorden se había convertido en orden y viceversa. La autoridad con poder para arreglarlo todo era el alcalde, sin embargo éste no llegaba hasta avanzado el día, vestido de lino blanco con sombrero de toquilla, y se instalaba en una mesa del café en la esquina sur de la plaza para recibir amigos, saborear un tintero de aguardiente y dar el visto bueno a compras para el cuerpo de bomberos y la cárcel. Los bomberos acostumbraban a tener un almuerzo diario mientras que la cárcel daba tres comidas al día, excepto los domingos cuando solo se ofrecía una.

Roldanillo era el centro comercial y administrativo de la región aunque no tenía contacto con el ferrocarril otro que una carretera de dos carriles pobremente pavimentada que en otro tiempo era solo una trocha para caballos, carretas y mulas. Tomaba más de una hora hacer la jornada de catorce kilómetros hasta Zarzal en esa chiva[1] que paraba a cada rato para recibir o bajar

---

[1] Chiva: Bus abierto por ambos lados con asientos tan anchos como el vehículo decorado con mucho color. Típico de las rutas

gente y paquetes. Tal vez se podía caminar más rápido como muchos lo hacían por ese borde de carretera desnivelado y cubierto con malezas. Zarzal era una población más grande pero existía un gran recelo por ese preciso detalle de tamaño y extrañeza. El sentido parroquial proteccionista dominaba estas comunidades que habían crecido alrededor de una cultura muy localizada. No existía un vínculo común más allá del borde del pueblo y unas veredas cercanas. Así era no solo en Roldanillo sino en todo lo que fue la Gran Colombia, desde Lima hasta Cumaná y San Fernando de Apure. Un regionalismo casi religioso e intransigente cubría el norte del continente y tal vez el resto por siglos. Había un intercambio comercial pero no existían lazos de comunidad más allá de un puente o una trocha. Se vive realmente en un país y un continente de extraños que es en realidad un archipiélago.

Es por esto y otras razones que quiero hacer este relato, para conectar el número de historias y cuentos que he escuchado desde niño. Historias y cuentos que van más allá de la plaza de mercado en un pueblo tan aislado como millares de pueblos similares que fueron

---

rurales, transitan siempre recargados de gente y paquetes. Muchas veces permiten sobrecupo de pasajeros que viajan en el techo. El asistente del conductor cobra el pasaje, arregla la carga y generalmente dirige el transporte. El romance de viajar en estos vehículos ha justificado su permanencia en servicio a pesar de su peligrosidad. Estas chivas remplazaron carretas tiradas por bueyes una vez se importaron chasis de camiones pare efecto de transporte público.

envueltos en esa lucha por la independencia, sin saber de qué se trataba y para quién se luchaba. Una verdadera colcha de retazos de territorio tratando de conectarse con hilo y goma a un concepto más grande que los bordes de una fanegada. En la casa de mis abuelos colgaba un lienzo enorme, como de un metro de ancho por dos de largo con un marco dorado, que contenía un retrato de Bolívar de pie, vestido con su uniforme, peto rojo bordado con hojas de laurel, mano sobre la empuñadura de su espada, una faja con la bandera torcida sobre su cintura y una mirada penetrante con sus ojos negros fijos sobre un infinito por detrás de nuestras cabezas. Unos querubines esfumados flotaban alrededor de su cabeza y un campo de batalla indefinido se extendía de sus rodillas para abajo alrededor de sus botas. Cada 24 de julio en su natalicio, mi abuela limpiaba el lienzo con un plumero y ponía un jarrón con flores en una mesita al pie del cuadro. Nunca pude entender este rito pero la memoria no se me escapaba. Era como tener un tatuaje en el cráneo. A través de mi vida ese lienzo me ha perseguido y amedrentado. En la escuela superior nos enseñaron algo llamado "Cátedra Bolivariana" que consistía en leer selecciones de las obras escritas de Simón Bolívar con comentario por un fraile agustiniano que también nos enseñaba Filosofía en un afán de guiar nuestros pensamientos hacia una estructura racional o algo parecido mientras nosotros en lo único que pensábamos era en saltar la tapia al canto de la escuela para visitar a las chicas de la escuela de monjas unas cuadras más allá.

Siempre confrontábamos con risa el reto de las monjas celosas de preservar un orden virginal medieval contra los ataques de nuestro lujurioso barbarismo masculino. Estoy seguro de que las chicas gozaban de esta cacería y algunas sucumbieron al punto de producir retoños fuera de tiempo, para escándalo general. ¿Cómo era esto posible entre jóvenes instruidos en el catecismo? Las hormonas son asunto difícil de controlar aún para la Santa Madre Iglesia.

Combinando la Cátedra Bolivariana con la filosofía, el fraile nos motivaba a leer partes selectas de una biografía de dos volúmenes sobre el Libertador para producir un discurso durante ese mes de julio que estaba designado en la escuela como el Mes de Bolívar. Así todos aprendimos las gestas del Libertador con un poco de chisme y alusiones entre líneas a una vida repleta de conflictos y doncellas fáciles como nuestros deseos. La independencia se fraguaba tanto en los campos de batalla como en las alcobas de la Gran Colombia. Desde Roldanillo hasta este día veo esa imagen en el lienzo observando la marcha de esclavos, indios, criollos, y labriegos pasando por la ventana de mi niñez en la casa de mis abuelos. Así era el temible ejército libertador que expulsó a los españoles del continente en una guerra de un poco más de diez años de largo a través de cinco países. Criaturas brotando del barro de las cordilleras luchando con pundonor sin uniformes vistosos o buen lenguaje. Veo también ese anfiteatro con mis compañeros vestidos en trajes azul oscuro con corbatas rojas y camisas blancas almidonadas como pieles secas leyendo discursos de cinco minutos destacando un aspecto de la vida y hazañas del Libertador bajo la mirada complaciente del rector, el fraile y nuestros padres. Hablábamos con la energía de caudillos y nos congratulaban con exceso para luego entregarnos diplomas que se enmarcaban y colgaban de las paredes como testimonio de nuestra aventura académica y los primeros pasos airados de un aprendizaje civilizador en nuestra adolescencia. Aprendimos allí a considerar la bondad de la palabra airada en la plaza pública en lugar de las palabras bien razonadas escritas en tomos añejos alojados en la biblioteca. Muy decididamente se nos enseñó a seguir la voz de los caudillos basada en tonalidades en lugar de veracidades. En un punto indeterminado dejábamos de ser salvajes para convertirnos en ciudadanos educados un poco a la manera de esos bárbaros sucios y peludos que lucharon contra el bien educado Imperio Romano y de los cuales descendemos sin vergüenza. Ibéricos, cantábricos, vascos, vándalos, suebios, visigodos y tantos otros que eventualmente se volvieron españoles con nombre y apellidos propiamente asignados. Tribus cuyas raíces se asentaron sobre los Andes para crear un verdadero Nuevo Mundo en la misma imagen vaga de la Madre Patria.

Se puede decir que he vivido repleto de Bolívar. Empachado puede ser una mejor expresión. La esencia de Bolívar sale por mis poros y mi respiración. Me he pasado gran parte de mi vida leyendo historias para llenar mi mente de otras cosas en la esperanza de sobrecargarla y forzar a Bolívar al olvido. Sin embargo, la memoria es traidora y se expande para contener más, siempre hambrienta y sedienta. La sombra de don Simón me cubre y contiene sin piedad. Como la campaña libertadora, esta memoria es una guerra a muerte que necesita definición de una manera o la otra. De manera similar al paso por el páramo de Pisba o la Batalla de

Carabobo, este relato es algo que tiene que pasar sin importar los obstáculos. Hay batallas por pelear. Las planicies de mi memoria están listas. Me faltan armas y ejércitos. Tal vez necesito también un uniforme de chaqueta azul con peto rojo con filigrana dorada y pantalones blancos con botas de montar. Una espada con gran empuñadura no estaría mal. Necesito un caballo blanco bien brioso con melena larga y paso impetuoso para correr sobre los Andes de mi existencia y liberar esta memoria insistente que no olvida.

Mi amiga María Eugenia vive muy dentro de mis afectos y está convencida que todo esto es no más que una leve infección mnemónica curable con té de manzanilla y una tarde leyendo poemas y acariciando su cabellera conteniendo la tentación de acariciar sus senos o la curva de sus caderas. Yo creo que es algo más grave y necesita un exorcismo fuerte y bien dirigido más unos panderos con tragos de aguardiente tibio con hojas de menta majadas. Con su dulzura, Maria Eugenia acaricia mi pelo y me hace leer los *Poemas del Cante Jondo* de Lorca para calmar mis deseos guerreros y ejercitar sus sueños de gitanilla danzando por bulerías. No importa. Todo falla. El toro está en la arena y hay que salir del burladero para confrontarlo con una faena digna de la bestia evitando la cornada. No es asunto de capear o usar bien la muleta sino de hacer una estocada fuerte que penetre el corazón y tumbe a la bestia. Es una faena que necesita llegar a su final sin prórrogas ni excusas. La banda taurina chirrea pasodobles y desde el burladero se espera el momento de la entrada de la bestia para calcular cómo confrontarla con estilo y coraje. Hay que hacer la faena de capa con elegancia y soltura sin tropezar antes de tomar la muleta y la espada. Los oídos zumban con el ruido de la audiencia mientras el toro embiste y te manda al aire por encima de los cuernos. Hay que recuperar el sentido y la dignidad. Este toro debe morir como esa memoria tatuada en mi cráneo. Es asunto de vida o muerte como la Guerra de la Independencia.

Así, mi querida Maria Eugenia puedo decirte que este exorcismo de memoria empieza aquí. Tiene que pasar algo diferente de lo que ha pasado. Es necesario confrontar el pesar para erradicar la pena.

En la clase de dibujo aprendí que la sombra de un objeto es tan grande como la fuente de luz interceptada por su masa y el ángulo de proyección. Por eso hicimos esos ejercicios usando carboncillo con formas geométricas de volumen como cubos, esferas, conos y una calavera. Salimos entonces por los corredores para capturar la difusión de sombra y los ángulos de impacto sobre escaleras y murallas. Producimos esbozos que fueron luego exhibidos en esa semana de arte que pretendía festejar nuestra sensibilidad para asombro de nuestros padres y vecinos. La profesora de arte se ufanaba de nuestra habilidad mientras nosotros tratábamos de adivinar el color de sus pantaloncitos detrás del aura de agua de rosas emanando de su cabello. Para nuestra adolescencia incipiente bañada en lujuria ella era nuestra primera y magnífica diosa objeto de referencia contrita a la hora de confesión. Ciertamente merecíamos esos padrenuestros y avemarías que nos daban como penitencia. Más que señales de arrepentimiento, esas oraciones se elevaban como columnas en un templo de la diosa que se construía en nuestras mentes. ¿Cómo arrepentirse de lo que no se puede ver ni tocar? ¿Cuánto nos costaría vislumbrar sus pechos? Simplemente deslizar nuestros dedos sobre sus cabellos sería una dicha indescriptible. Ese dicho de que *"el arte es breve y la vida larga"* aceleraba nuestros deseos a un punto de ebullición como las mezclas en clase de química. Como buenos adeptos a la fantasía de Superman trabajábamos constantemente en desarrollar esa visión ansiada de rayos X. Nunca logramos obtenerla pero siempre entreteníamos los sueños, especialmente cuando ella se inclinaba para darnos instrucciones personales y sus pechos casi nos abrazaban. Un día supimos que se había casado y esperaba un bebé; dejándonos a la deriva, flotando en un buque de papel periódico y carboncillo sin el suave perfume de agua de rosas.

Pero, regresando al asunto de la sombra, estaba muy claramente establecido que nunca podríamos saber todo del contenido pero la altura y espesor del follaje figuraban en la densidad y dimensión teniendo en cuenta la extensión. ¿Qué tan larga es? ¿Hasta dónde va? Así descubrimos que en el espacio tridimensional de la sombra hay un número enorme oculto de puntos que construyen una presencia bastante compleja en lugar de meramente horizontal y sencilla. Es en esta dimensión que la sombra adquiere protagonismo y envergadura. Es aquí donde se pueden encontrar los motivos del espacio y el ritmo infinito de lo que cae atrás. No es solamente un asunto de cubrir territorio con una manta oscura sino de conllevar significado extrayendo contenido. Colores, densidad, dirección, matices, sonido, textura, influencia, ligamento, expresión y otras cualidades se unen para dar a la sombra un carácter y un propósito determinado. Solamente una inmersión en la sombra puede dar las respuestas necesarias para saber el por qué en lugar de solo un que sin alas. Es así con los árboles como con los héroes y las faldas y corpiños que esconden lo prohibido. Es necesario compenetrarse. Zambullirse sin temor a profundidad y corriente.

Detrás de las sombras está la narrativa. De manera común y corriente se construyen narrativas generales sobre lugares y personajes que sirven para dar ideas a brocha gorda que satisfacen deseos mínimos. Esto resulta en un conocimiento ligero y flojo que no tiene permanencia por falta de vínculos. La sombra está siempre ligada a su objeto. Por esto es útil explorar más minuciosamente el contenido de esos brochazos o trozos de sombra para poder ver más allá de las apariencias y suposiciones. Es así como se toman saltos de fe al vacío. Un vacío que está repleto de contenido para los que pueden verlo, tocarlo, olerlo, olerlo y saborearlo. De esta manera el relato escarba entre la sombra con una pala de imaginación para ampliar una visión de lo racionalmente posible por fuera de lo asumido o convenido. Aprender a ver está un paso más allá de solo mirar o intelectualizar. Se ve así con todos los sentidos en vez de solo de ojos para afuera. De esta manera podemos ver que la sombra de don Simón cubre mucho territorio y arrastra tras sí una cola sideral muy amplia a través de una galaxia infinita. Las fábulas siguientes viven bajo la luz de esa cola haciendo un viaje de dimensiones traviesas por esas constelaciones de la imaginación. Son inverosímiles pero pueden también ser veraces si existe el coraje y la curiosidad necesaria para considerarlas y verlas dentro de lo imaginable. No es asunto de que puedan pasar sino de que pasan siendo creíbles como el eje sobre el cual gira el mundo.

Mucho se ha dicho y explorado sobre la vida y obra de Simón Bolívar que es ya hora de entrar en el cuerpo de su sombra y encontrar el aspecto fantástico y más íntimo de su vida. Muy ciertamente los expertos y académicos encontrarán huesos de argumentación que se derivan de la estrechez de su foco y el interés de proteger algo tal vez esquivo. Eso es asunto académico y protocolario. Ha sido así por varios siglos en muchos idiomas y culturas. No soy adverso a eso; sin embargo, no tengo poderes especiales o fórmulas aceptadas de pesquisa más que la imaginación y un sinnúmero de posibilidades. Uso divisiones en forma de "praeludium" para enfatizar que son juegos ("ludius") como piezas de un rompecabezas que ocurren antes ("prae") o luego ("post") y los numero en ordinales romanos por puro placer sabiendo bien que entre las riberas del Arno y el Ebro nació un lenguaje con el cual se hace este relato. Lenguaje trasplantado a lo largo del Atlántico con su sintaxis y preceptiva a salones de secundaria donde mis sueños rebotaban por las paredes conjugando verbos intransitivos o intransigentes. Después de todo, estuve sujeto a doce años de Latín y muchas horas de Historia y Mitología tanto en la escuela como en la universidad. Es tiempo de usarlos un poco antes de que se evaporen de mi mente. Aprender implica el uso de lo aprendido así como digerir lo comido.

Estas son las fábulas y los juegos:

Praeludium
Ludius Primus
I.- Eleazar, El Mago de los Inciensos
Ludius Secundus
II.- Fernanda, La Encantadora de Cigarras
III.- Gaspar, El Fabricante de Alcanfor
IV.- Matilde, La Bordadora de Chocolate
V.- Simeón, El Piloto de Alfombras
VI.- Micaela, La Intérprete de Vientos
VII.- Alfonso, El Catador de Tierras
Ludius Tertius
VIII- Mateo, El Enterrador de Ilusiones
IX.- Jacinto, El Jinete del Potro Volador
Ludius Quartus
X.- Betsabé, La Horneadora de Panderos
XI.- Cristóbal, El Fabricador de Botas
Ludius Quintus
XII.- Louis Auguste, El Maestro de Hospedaje
XIII.- Andrea, El Intérprete de Fuentes
XIV.- Eloise, La Mucama Invisible
XV.- Pierre, El Vendedor de Libros Viejos
Ludius Sextus
XVI.- Yusef, El Embalsamador de Cangrejos
Ludius Septimus
XVII.- Patrick O'Malley, El Caballero Mágico
Ludius Octavus
XVIII.- Martina, La Hilandera de Sargasos
XIX.- Arcesio, El Mensajero de los Dioses
XX- Maria Isabel, La Cantadora del Ensueño
XXI.- Rivaldo, El Mensajero de Guayabas

Ludius Primus

En esta mañana de agosto, el siglo XIX apenas empezaba a tomar forma en las lomas y valles cerca de Somondoco, donde descendientes de los muiscas seguían sacando esmeraldas crudas de ese barro amarillento oscuro que se deslizaba por la comarca cubriendo también esos cultivos de papas y arracacha que se convertían con el trigo y la cebada en el cuchuco nuestro de cada día. Nada extraordinario pasaba por estos contornos, fuera de españoles hambrientos de oro y joyas además de criollos e indios sedientos por esa chicha fuerte que se oponía al frío y la llovizna intermitente. En la tienda del pueblo, en la plaza mayor, sobre un mostrador anciano y una balanza, entre bultos de papa, manojos de cebolla y bolsas de cebada y trigo, estaba esa tinaja de barro con la chicha cubierta de esa espuma burbujeante que evidenciaba una fermentación continua. Una tapa de anjeo prevenía que las moscas nadaran en ese líquido tan amarillento como el barro. Con un movimiento diestro, el tendero quitaba la tapa, metía un cucharón y sacaba la medida exacta de un pocillo para satisfacer el deseo de un comensal. Además de chicha había cuchuco[2], chunchullo[3], arepas, papas saladas y manzanitas horneadas. Sentados en bancas de madera o bultos de papa, los hombres discutían el tiempo y la cosecha mientras las hembras se ocupaban de vender el producto de los cultivos y guardar el dinero entre sus pechos bajo el corpiño. Ya por la tarde habría tiempo para regresar al rancho y guardar toda la ganancia en esa olla enterrada en la cocina que funcionaba como una caja fuerte. Los machos ebrios llegarían a tenderse sobre ese montón de mantas en un rincón que pasaba por cama para dormir la borrachera. Estos descendientes de los muiscas una vez gobernados por zipas y zaques[4] estaban ahora entre españoles y rebeldes tratando de entender entre los vapores de la chicha cuál era su realidad actual bajo los nubarrones de la revolución. ¿Cómo afectará esto la cosecha? ¿A quién pagar impuestos? ¿Cuál será el nombre de nuestro país? En medio del estupor alcohólico, se podían ver soldados uniformados con los colores de España corriendo por las lomas buscando refugio en este sábado de agosto, día de mercado. Muchos evitaron esa vía principal de Tunja a Bogotá y corrían desesperados por el camino de Tunja a Somondoco que los llevaría después a Guateque, Machetá, Gachancipá, Tocancipá y eventual-

---

[2] Cuchuco: Sopa espesa o puchero de maiz, cebada o trigo con frijoles amasados y vegetales de raiz (papas, arracacha, etc).

[3] Chunchullo: Intestinos de cerdo, ovejo o res fritos o a la brasa servidos con ají picado.

[4] Zipas y zaques: Los muiscas estaban gobernados por dos líderes de poder limitado dentro de una confederación que no era un reino. Los zipas gobernaban el sur con sede en Bacatá (hoy en día Bogotá) y los zaques gobernaban el norte con sede en Hunza (hoy en día Tunja). La leyenda de El Dorado puede tener origen en la oferta anual de oro por el zipa en el lago sagrado de Guatavita.

mente a Chía, al norte de Bogotá, y de allí probablemente a un refugio en este nuevo país o en el continente. Su aventura en el extranjero había terminado.

En este día hubo mucho negocio de mantas y ruanas, además de sombreros de paja o felpa, en esa plaza de Somondoco, para cubrir los uniformes con el camuflaje del vestir de los labriegos. Por varios meses, esos campesinos en los terrenos aledaños del valle de Tenza lucirían esas chaquetas azules y rojas o pantalones blancos del ejército español como trofeos o el resultado de buenos trueques. La ruta era más larga y montañosa por el lado de Somondoco pero tal vez más segura aunque todavía era necesario ocultar el uniforme y convertirse en labriego. El tiempo llegaba preciso para el desespero en la alborada de una Nueva Granada independiente y tal vez bastante efervescente. En Somondoco había un descanso con chicha, vituallas y frutas, suficiente para esa jornada de salvación a Bogotá o al menos esa era la esperanza. El general Maza había salido a trote forzado de la Batalla del Puente hasta un lugar en el camino de Tunja a Bogotá entre Gachancipá y Tocancipá donde detenía a hombres vestidos de indio y labriego cubiertos con mantas frescas para hacerles pronunciar su nombre. El sonido de una zeta laborada entre la lengua y los dientes[5] delataba un origen español y causaba detención como prisioneros

---

[5] El sonido de la zeta española era muy característico por ser fricativo e interdental, al contrario de la pronunciación criolla más cercana a una "c" común. Las clases altas hacían mucho de esta distinción, pero con el tiempo desapareció la zeta en la pronunciación del español del Nuevo Mundo.

de guerra. Muchos cayeron en esta emboscada lingüística cuando creían estar a salvo bajo mantas y sombreros.

Ya los techos rojos de Bogotá se podían ver en el horizonte. Bolívar había salido a todo galope para cubrir esos cien kilómetros hacia Bogotá después del triunfo en la Batalla del Puente sobre el riachuelo Teatino o Tibaná con la intención de tomar las riendas del gobierno lo más pronto posible. Llegando el diez de agosto, tres días después fue recibido con honores desde Chía, en las afueras de la ciudad, lo cual le hizo reducir bastante su galope. Había en Bolívar un deseo de tomar las riendas de la incipiente Gran Colombia mientras esos soldados rodando por las lomas de la Cordillera Oriental buscaban escapar con sus vidas y regresar a España de la manera más urgente sin caer prisioneros de los rebeldes al no estar seguros de su destino. No eran españoles por nacimiento sino mercenarios alemanes y belgas en su mayoría o conscriptos criollos forzados al ejército Realista sin deseo alguno de perecer por estas lomas o estos ideales. Las batallas de la independencia fueron luchadas por un grupo enajenado buscando victoria a todo costo y otro grupo organizado para defender sin riesgo el patrimonio de trescientos años de coloniaje. No era un canje en términos iguales. El número de prisioneros fue grande por el lado de los Realistas pero una gran mayoría serían dejados en libertad por orden de Bolívar mientras que sus jefes serían fusilados por orden de Santander. Así estaba establecida la tensión entre los dos líderes. El lema de Bolívar había sido "Guerra a Muerte" y las consecuencias fueron palpables. La idea era mantener la nación entera en pie de guerra en lugar de montar batallas ante meros espectadores como en una gran ópera. Al saber de la derrota de sus tropas, el virrey Sámano huyó hacia el río Magdalena para escapar rumbo a Cartagena y eventualmente a Jamaica y Panamá donde esperaría órdenes de regresar a España. Así parece establecerse un protocolo para cambios violentos de poder no solo en Colombia sino en toda Latinoamérica. Es algo muy predecible que ha durado varios siglos. Gobiernos y gobernantes caen como fruta madura que nadie quiere recoger.

Las siguientes grandes batallas de la campaña por independencia: Carabobo en Venezuela, Pichincha en Ecuador, Junín y Ayacucho en Perú terminaron de la misma manera. El número de muertos fue siempre inferior en las huestes Patriotas y el número de prisioneros muy grande en las fuerzas Realistas. Muchos de los prisioneros se enrolaron subsecuentemente en el ejército Patriota mientras otros buscaron pasaje a Europa. Para los mercenarios el asunto de quedarse en el Nuevo Mundo luego de haber peleado en las guerras napoleónicas en el Viejo Continente y en estas contiendas en el Nuevo no resultaba muy apetecible en vista de no existir otras acciones guerreras posibles para ejercer sus habilidades y derivar sustento. El potencial de una nueva vida en el Nuevo Mundo no se podía ver con claridad cuando se corría loma abajo buscando protección o al menos un escondite. Algunos trataron de esconderse debajo del puente pero fueron capturados casi inmediatamente. La fuga a toda carrera loma abajo era la única opción en ese sábado, día de San Cayetano,

patrón de los desempleados, los jugadores, los contra-
lores y la buena fortuna.

Empecemos la historia, entonces…

I
Eleazar
El mago de los inciensos

Entre Tunja y Somondoco está Garagoa a casi 1,750 metros de altura sobre el nivel del mar en una región de fuertes pendientes con clima templado. Luego de su fundación por don Gonzalo de Quesada, fresco de fundar Santa Fe de Bogotá, la villa se estableció como un resguardo indígena o encomienda con el propósito de evangelizar las tribus locales bajo la guía de los padres dominicos. Allí nació un chico abandonado por su madre a quien llamaron Eleazar, como el gran sacerdote hijo y sucesor de Aaron el hermano de Moisés. La expectativa era de educarlo y guiarlo al sacerdocio como ejemplo para la población y así ayudarle a obtener un buen nombre de manera decente. De esta manera, Eleazar creció bajo una disciplina muy estricta de estudio y vida santa, o al menos santificada. A los ocho años se le asignaron los deberes de monaguillo con énfasis en asistencia a los oficios sagrados y el bienestar del párroco. Eleazar entonces aprendió a hacer las respuestas de la misa en latín, memorizar el catecismo, preparar el incensario y la vinajera además de llenar los copones con hostias, vestir el altar y las efigies de los santos, prender los cirios, repicar las campanillas, lavar los dedos del párroco durante la celebración de la misa y traerle el almuerzo del convento de las monjas clarisas. De manera silenciosa y eficaz, Eleazar realizaba su cargo con una creciente curiosidad sobre el efecto de las resinas sobre los carbones en el incensario. Como regalo de cumpleaños a sus quince años, el párroco le dio un viaje a Bogotá en una de esas chivas o carretas que hacían el recorrido por todo el campo llevando gente de pueblo en pueblo junto con paquetes, encomiendas y algunos cerdos, plátanos y gallinas. Les tomaba casi toda la mañana hacer el recorrido hasta la Plaza de San Victorino, donde el pulso del mercado se podía oler y pisar entre un conglomerado de vendedores de toda clase ofreciendo desde verduras y frutas hasta carnes, granos y sombreros de felpa. Los ojos de Eleazar no podían contener esas escenas de un comercio sin estribo, otros que el intercambio de moneda, la algarabía y el afán constante de tocar y ver y desear. En sus mejores días, como en la fiesta del patrono, la plaza mayor en Garagoa era comparativamente un lugar tranquilo. San Victorino era un *maremagnum* o gran océano en todo el sentido de la palabra.

Eleazar se tomó un rato para tratar de orientarse en esas corrientes cuando percibió un aroma familiar que venía de lejos en la plaza. Nadando en ese mar humano del mercado pudo llegar hasta una tienda al extremo de la plaza que tenía un letrero con un tipo de letra mística que imitaba la tipografía sánscrita para proclamar: AROMAS.

Eleazar entró en la tienda con un poco de recelo pasando por un pebetero de bronce hasta llegar a una sala rodeada de estantes repletos de cajitas y bolsas marcadas con nombres exóticos. Había un olor a incienso por todo el ámbito subrayado por otros olores que Eleazar no lograba identificar. Un anciano de barba larga y blanca estaba sentado en una poltrona fumando en una de esas pipas de agua preferidas por los árabes, tal y como Eleazar vio alguna vez en una enciclopedia. En su estupor, las palabras se atoraban en la garganta y no le llegaban a la lengua. Solo podía mover las manos y señalar por varios lados tratando de hacer sentido del entorno. Con una sonrisa suave y gestos amables el anciano lo invitó a sentarse a su lado y tomar una taza de té. Una vez sentado, Eleazar pudo articular todas esas preguntas amontonadas en su garganta. ¿Qué son estos olores? ¿Cómo se hacen? ¿Hay acaso brujería en todo esto? ¿Es esto cristiano? ¿De dónde vienen estas gomas y resinas? ¿Hay peligro de explosiones? Con mucha calma el anciano respondió a cada pregunta mientras demostraba las calidades de varias gomas y mezclas tirando puñados sobre las brasas del sahumerio. Sin darse cuenta, el tiempo pasaba y era hora de salir para tomar la carreta de regreso. El anciano le dio un librillo que listaba varias resinas con sus proveniencias y efectos junto con un muestrario de doce tipos de mirra e inciensos.

Durante las tres horas de la jornada de regreso, sentado entre dos labriegos borrachos medio dormidos, Eleazar leía el librillo y se imaginaba ser un aprendiz de alquimia mezclando olores y humos.

Cada mes la parroquia le daba un día libre y Eleazar se trepaba en la carreta más tempranera al filo de la alborada para llegar a Bogotá y poder disfrutar de más tiempo en la tienda de aromas. Bajo la guía paciente del anciano, estudiaba las varias mezclas y tomaba notas de sus efectos. El anciano le relataba comentarios de la antigüedad desde la India hasta Egipto y Roma donde los aromas y los humos se usaban tanto en cultos como en efectos medicinales y sociales. Por ejemplo, el gran libro judío del Éxodo (30: 34-36) describía el uso del *ketoret* o incienso sagrado usado en el templo de Jerusalén. Tenía elementos diversos como estacte o nataf, onicha o uña sagrada, gálbano, e incienso puro usados en cantidades iguales. El propósito era darle al templo un olor uniforme y sagrado para promover un culto centrado totalmente en la divina presencia. De aquí le venía a Ezequiel la idea de explorar mezclas para otros propósitos. De esta manera, el párroco empezó a sorprenderse cuando los feligreses de repente dieron muestras de mayor participación en las oraciones de consagración del pan y el vino arrodillados por largo tiempo y cantando *hosannas* con gran fervor mientras Eleazar sacudía el incensario. De una manera más pública, durante una procesión del Viernes Santo los feligreses se arrodillaron sobre la calle al paso de la cruz que iba precedida por el incensario y entonaron esos himnos de arrepentimiento que solo se oían cuando el coro del seminario visitaba durante las campañas de reconciliación instauradas por el obispo. Nadie percibía que estos cambios tan grandes de actitud y de conducta se debían al aroma del incensario. Se atribuía todo a la labor evangelista del párroco y los rosarios diarios de la Legión de María. Eleazar sonreía y continuaba con sus experimentos. Sin mucha dificultad pudo convencer al párroco de construir un pebetero bastante grande en el patio de la sacristía para quemar en el sahumerio una mezcla especial diseñada a promover más devoción y civismo en la comunidad. Eleazar lo veía como una reproducción del incensario en el templo de Jerusalén que formando una nube de aroma podría tener un impacto santificante sobre el ambiente del pueblo. A pesar de las dudas del párroco, el alcalde y el consejo municipal, se construyó una canasta de hierro forjado que podía contener un metro cúbico de brasas de carbón. Un día de mercado, Eleazar roció su mezcla sobre las brasas y para sorpresa general ese día nadie se emborrachó, no sucedieron las riñas de costumbre, se vendió todo lo vendible y hasta las putas se cubrieron con mantillas para ir a la misa de *Angelus*. Nunca había pasado algo así en Garagoa y se siguió repitiendo cada día de mercado para gozo del párroco y las personas de bien.

Pero todo lo extraordinario tiene que revertir a lo ordinario por razón de las leyes elementales de física y ese detalle entrópico de la termodinámica. Eleazar había oído de la formación de un ejército de liberación comandado por Simón Bolívar y acudió a enrolarse un poco más antes del pantano de Vargas, cuando el ejército marchaba de los Llanos y se alistaba para atravesar el páramo de Pisba. Para contrarrestar el mal olor de tanto sudor concentrado en la inmediatez de los soldados, Eleazar le pidió permiso a su sargento para echar unos polvos de olor en las fogatas que calentaban las tropas. Aunque le pareció un poco extraño, el sargento aprobó la petición y ya se sabe que una victoria imposible se forjó en el pantano con el pundonor de las tropas que descansaron bien bajo los efectos del aroma. Lo mismo sucedió abajo de Tunja, en el puente sobre el río Tibaná. Parecía que los aromas alentaban a las tropas y les daban esa fuerza adicional para vencer en batalla.

Luego de la batalla, Eleazar regresó a Garagoa para seguir con sus menesteres monaguilleros, invirtiendo más esfuerzo en la creación de nuevas mezclas de incienso y sus efectos ambientales. Al cabo de casi dos años se reincorporó al ejército libertador que iba para Venezuela y aportó nuevas mezclas en Carabobo que alentaron a las tropas y ayudaron a ese gran triunfo que purgó a Caracas y al país del poder español. Enseguida marchó a la Campaña del Perú, recogiendo minerales y esencias de flora a su paso, los cuales luego utilizó en Pichincha para formar una nube que ocultaba las tropas y facilitaba el ataque sobre las fuerzas españolas a pesar de que la nube se atribuyó a efectos meteorológicos. Versiones de esa nube fueron usadas luego en Junín y Ayacucho, casi un año después. Todos creían que era efecto de los Andes, pero tanto Bolívar como Sucre lo comendaron con una medalla de plata martillada en la forma de una nube. Los soldados lo llamaron *"el nubarroso"* y así lo llegaron a conocer hasta en Garagoa.

Luego de Ayacucho, Eleazar regresó a Garagoa pero el párroco había sido elevado al obispado de Tunja y lo llamó a un cargo como el incensario diocesano con libertad para promover el buen uso de humo y aromas. Así sucedió que en un patio de la casa episcopal en Tunja, Eleazar organizó una huerta con esos arbustos que producían incensó y mirra como la *Boswellia serrata*, la *Ferula gummosa* y el alcanfor; además de hierbas perfumantes como lavanda, *Syringa* o lila, tomillo, jazmín, rosa de olor, limoncillo, menta, jengibre, manzanilla y otros, que formaron un verdadero jardín botánico medicinal alrededor de un incensario como el construido en Guateque. El jardín pronto atrajo la atención tanto de curanderos como del Instituto Nacional de Artes Botánicas. En vista de esto, el obispo organizó un comité diocesano de ciencias botánicas que por cosas de política y cultura tomó control del jardín y progresivamente desalojó a Eleazar en favor de un grupo de damas de sociedad y alcurnia interesadas en entrometerse en ese asunto de la jardinería medicinal como afición en lugar de vocación.

Bastante frustrado e irritado, Eleazar tomó un día la carreta para Bogotá decidido a colaborar con el anciano de la tienda de aromas en lugar de gastar el tiempo con unas viejas interesadas en los colores de rosas inglesas, el aroma de lilas y la mejor manera de preservar manojos de lavanda. Así pasó el resto de sus días fumando la pipa de agua y recordando la marcha del ejército libertador mientras humos del incensario elevaban su mente a lugares repletos de paz y armonía.

Por las leyes de física ya mencionadas se sabe que toda acción genera una reacción equivalente. Un corolario de esta ley es que no hay bien que por mal no venga. Es la venganza del universo siempre del lado del mal porque el mundo le pertenece a Satanás. El Jardín Botánico Diocesano de Tunja ha dejado de existir. Nadie sabía cómo mantener las plantas o qué nombre tenían. La tienda de aromas en San Victorino tuvo que ceder su terreno a la ampliación de las calles aledañas y un nuevo diseño para la plaza con rasgos más modernos de acuerdo con una nueva estética. Eleazar vino eventualmente a descansar en paz en el cementerio de Garagoa, rodeado de romero, verbena y manzanilla, junto con un ángel de mármol sobre su tumba el cual soplaba una trompeta silenciosa hacia los cielos. El obispo ofició el entierro sin monaguillo o incensario ya que el humo y el olor perturbaba a los sufrientes de alergias y otros males nasales. Los cielos cubrieron el día con una neblina espesa que parecía salir de un incensario celestial.

Ludius Secundus

Ya sabes Maria Eugenia cómo se desenrolla esto. Todavía hay pedazos de Bolívar en mi memoria. Corren como esos pececillos que mordían nuestros pies en el canal de riego detrás de la casa de la abuela en Roldanillo. Recuerda bien que flotábamos bajo el calor de la tarde en esa corriente fría que bajaba de las montañas para regar las sandías, el cacaotal y el viñedo. Éramos niños entonces y todo era un juego. Bajo nuestros trajes de baño pude reconocer que éramos un poco más distintos. Un día me distes un beso impetuoso que me hizo dar cuenta que ya no éramos niños y me quedé mudo por años buscando el coraje para responder. Te respondo ahora, cuando tú ya no estás. Desde entonces era tanto Bolívar como tú que vivían en mí escarbando mi memoria con frenesí. Especialmente tú. Esto lo sabían las tías y la abuela. Esto lo sabías tú también. Los mirtos que plantamos por orden de la abuela florecen este verano y acostado sobre la grama veo sus pétalos rosados y blancos flotando en el aire a merced de la brisa coqueteando con el espacio. Parece que tú eres el espacio. Tú no estás y el canal de riego no parece tan grande como cuando éramos niños. Parecen hablar de ti y buscarte en el aire. Todo se reduce con la distancia y el espacio. Paulo Uccello sabía esto y buscó ese punto de fuga donde la perspectiva adquiere espacio y permanencia. He tratado de remplazar a esa imagen de Bolívar en la casa de mi abuela con una reproducción a tamaño real del tríptico de *La Batalla de San Romano* entre las tropas de Florencia y Siena en 1432, que Uccello pintó a mediados del siglo XV y que ahora está en tres museos (Galería Uffizi en Florencia, Museo Louvre en París y Galería Nacional en Londres) para ensanchar su alcance. Es un trabajo lleno de lanzas en alto como una foresta y caballos alzados tal vez relinchando en el fragor de la batalla. Aunque estos cuadros de témpera sobre madera fueron pintados en 1455 creo que Bolívar pertenece en ellos. Lo tengo en una pared de mi estudio frente a mi mesa de trabajo. No pude hacer el traspaso de mis dibujos de ti para meterlos en el portafolio de mi arte pero sí estás en los zaguanes de la casa y en el canal de riego. Estás capturada en lápiz y tinta sobre papel de acuarela. No te dibujé desnuda porque nunca quisiste posar, pero capturé tu cara, tu torso y tus manos. Tu presencia disturba mis intenciones. Los pececillos también lo saben.

Es así que en el baúl de mi memoria, como en el de mi abuelo, hay medallas y cintas y láminas, capas y un sable con su cordón dorado que nunca fue usado en batalla. Jugaba de niño con estas memorias del abuelo que en su ceguera me relataba sus epopeyas de granadero en una guerra que nadie recuerda. Pero me acuerdo de ti y esa imagen dulce y amorosa cuya mirada me tornaba en un punto de fuga sin posibilidad de fugarme. Te fuiste y grabé tu nombre en las sandías para no sobrecargar mi mente de cosas penosas. Mi abuela tuvo que decir que eran monumentos memoriales bastante especiales para sacar un mayor precio en el mercado. Desde entonces se marcan las sandías y tú ya no estás, pero queda Bolívar con su mano en la espada y la ausencia de lanceros y caballos fragorosos sobre campos de acelgas y repollos.

Maria Eugenia, corazón, hay más historias debajo de la sombra. Algunas cortas y otras largas, pero todas fascinantes. No sé si son posibles pero sé que pueden suceder. Escucha bien en ese ruido brumoso detrás de tu sonrisa. El espacio de los sueños no tiene dimensión otra que el sueño mismo. Eres mi bella durmiente y no quiero despertarte con un beso de mis labios manchados de cigarro y ansiedad.

Bajo esa sombra estás oculta como una Afrodita invisible de Botticelli. Danzando coqueta sobre una ostra en el momento preciso del nacimiento. Siempre proyectando inocencia y sensualidad con los rizos de pelo fundidos en el aire y ojos mirando lejos de la desnudez. Recuerdo bien lo mucho que me cuidaste luego del atraco. ¡Cómo se frustraron los ladrones al encontrar solo unos pesos en mi billetera y unas pocas monedas en tu cartera! Desde entonces cargo más plata para no defraudar a los criminales. Me dieron golpes y varios porrazos hasta que perdí el sentido. Por fortuna varias clarisas salieron del convento a indagar sobre el alboroto que disturbaba sus oraciones vespertinas. Te dio gran miedo de que tuviese una concusión o varias costillas rotas debido a los golpes, pero soy tal vez muy testarudo y flojo de carne como para sufrir daños profundos. Estuve herido y machucado, pero ileso, con dolores que tardaron varias semanas en dejarme. No podía mover mis brazos o mis piernas y el costado dolía con solo respirar. Mi cabeza estaba cosida con hilo quirúrgico que me recordaba al monstruo del Dr. Frankenstein o tal vez a un balón. Fue allí cuando nos faltó coraje a pesar del deseo. Me bañaste por días con solicitud mientras los moretones desaparecían y el dolor se aplacaba. Me frotabas en la bañera con la esponja de mar y te sorprendiste varias veces con el endurecimiento de mi varonía. Lo tomaste como un cetro y pensé que allí empezaba lo que deseábamos antes de ser interrumpidos por mi dolor y la entrada de mis tías. Nunca pudimos estar solos por tiempo suficiente para consumarnos y jugabas conmigo como uno de tus caprichos. Te busqué después cuando estaba sano pero me evitabas con esa sonrisa de enigma y tus dedos sobre mis labios como sepultando un sentimiento. Enterradora de mis ilusiones y vigores. Tengo dentro de mí una tumba a todo lo que pudimos hacer y nunca logramos. La visito a menudo para reafirmar tanto el sentimiento como la realidad brumosa de lo que nunca ha podido ser. Consumamos el tiempo pero perdimos el momento. Esa ha sido nuestra dicha interrumpida.

II
Fernanda
Encantadora de cigarras

Luego de las guerras de independencia hubo una sequía en muchas partes del país, seguida por una plaga de langostas, o cigarras, que devoraron lo que no se había secado. Por falta de más información entomológica se creía que esta era una señal del fin del mundo. En las faldas del volcán Galeras, cerca de Pasto, los cultivos de papa se marchitaban por falta de agua y el ataque de las langostas. El obispo hizo un llamado al arrepentimiento y escuadrones de creyentes marchaban alrededor de la catedral fustigándose con látigos y vociferando salmos y oraciones. Los monaguillos y el sacristán se mantenían ocupados trapeando el piso de mármol de la nave principal para borrar la sangre de los penitentes como si fuese un matadero. Un equipo de frailes dominicos traído de Quito predicaba en relevo, exhortando al arrepentimiento en estos "días finales" tan evidentes por la plaga, la sequía y la guerra. Rebaños de mujeres cubiertas de negro marchaban de rodillas por el ambulatorio zumbando oraciones como un enjambre de abejas no muy distinto al murmullo de las langostas. El volcán ayudaba con erupciones periódicas y un intenso olor a azufre que los frailes igualaban con el aroma del infierno. Sin embargo, las langostas insistían en cubrir el aire con su canto eléctrico y desconcertante comiéndose la cosecha sin importarles la teología, la entomología o la geología. ¿Qué hacer? ¿Cuál era el sacrificio necesario y preciso? ¿Cómo suspender esta plaga? La ciudad parecía haber agotado el inventario de actos de arrepentimiento así también como el incienso y el agua bendita en los aspersorios. Todo parecía haber sido expiado o perdonado. No se podía predicar más. No había nada más para arrepentirse. Las respuestas no llegaban a pesar de los latigazos y los salmos.

En uno de esos valles a lo largo del río Guayambul, al norte de Pasto, no había cigarras y se escuchaban solamente las notas andinas de una flauta de caña resonando por las laderas y rodando con la corriente. Una mujer alta y delgada se paseaba por la ladera tocando esa flauta de casi un metro de largo hecha del bambú que crecía tan espeso por las riberas y daba la impresión de ser grandes helechos de una época antediluviana o plumas de un ave enorme. Con sus mejillas coloradas por el sol, la mujer, llamada Fernanda, caminaba por todo el valle casi sin tocar la hierba, vestida con una túnica de organza blanca y un chalequillo rojo de lana de alpaca, ahuyentando a las cigarras como a un rebaño obediente y bien formado. Fernanda era descendiente de un cruce de español y pastuso, nacida en una de esas encomiendas o resguardos en que se recogieron los indígenas locales durante la época de la conquista para mayor beneficio de nuevos colonos y amos. Se escapó desde pequeña de un orfanato y vivía en los bosques y matorrales, ante el asombro e inquietud de mucha gente, especialmente los devotos y madres de jóvenes preadolescentes temerosas de la influencia de una mujer "salvaje" sobre la inocencia de sus hijos y la lujuria de sus esposos. Se sabe que mujeres semi-desnudas y libres pueden exterminar cualquier rasgo de inocencia en varones apenas despertando en su virilidad y aún de los ya despiertos. La desnudez debajo de esa organza casi transparente precedía lo inmencionable. Se habían hecho muchos esfuerzos por capturarla sin ningún efecto. Fernanda parecía desvanecerse ante los ojos de sus perseguidores. Cuando el obispo se enteró de lo que hacía Fernanda con la flauta no tuvo demora en convocar a un grupo de creyentes para hacer una procesión con las imágenes sagradas a ese valle y confrontar lo que a su manera de pensar era una manifestación diabólica. Además del problema de la sequía y las cigarras estaba el de la guerra por independencia con Pasto como un centro Realista apoyado por el obispo y la aristocracia local. La batalla por independencia era para él y sus feligreses una lucha airada y dura contra el demonio del emergente Siglo de las Luces y la Reforma Luterana. Había que luchar y combatir eso por todos los lados y a toda hora. El ejército de Bolívar, con su gran cuota de negros, indios y mestizos causaba mucho recelo entre los locales, temerosos de un alzamiento de los esclavos y el probable rapto de sus mujeres, además de la pérdida de alcurnia bajo esos ideales de igualdad y legalidad con una chusma evidentemente inferior.

Con su *crozier* en alto y exclamando salmos de condena y exorcismo, el obispo persiguió a Fernanda por la ribera, alcanzando a arrebatarle la flauta y forzándola a huir arriba de las lomas, hacia los bosques, galopando como un venado. En lo alto, más allá de los bosques, Fernanda encontró un destacamento del ejército de Bolívar marchando hacia Ecuador y el área de Pichincha. El canto de las cigarras llenaba el aire y hostigaba los soldados. Cruzando un riachuelo, Fernanda vio un bosque de bambú y cortó una caña de un metro de largo. Con una bayoneta calentada sobre una fogata pudo limpiar el centro y perforar agujeros para poder tocar melodías que crearon una recepción grata entre las tropas y ahuyentaron a las cigarras. Muy pronto las melodías se volvieron marchas acompañadas por tambor y algunos soldados inventaron coplas que alegraban la monotonía de la jornada. Lejos, atrás, en la distancia, el obispo se limitaba a maldecir tanto a Fernanda como a Bolívar, muy seguro de que su versión de lo divino apoyaba su berrinche. Así percibía la voluntad de su Dios consignado a los libros y la tradición.

Como sucede cada diecisiete años, las cigarras al fin y al cabo desaparecieron, dejando para otra generación de feligreses y sacerdotes el asunto de gerenciar el arrepentimiento. El sacristán y los monaguillos finalmente lavaron el piso y pudieron regresar a sus labores de costumbre. Los flagelantes se recuperaron con pomadas de alcanfor, árnica, agua de rosas y uña de gato. El obispo decidió entrar a un monasterio en Quito y dedicarse al ayuno y la oración ante el fallo aparente de su gestión intercesora. Luego del triunfo en Pichincha, el ejército subió a Junín al cabo de casi dos años; y solo cuatro meses después, a Ayacucho. Sin más cigarras por controlar, Fernanda se unió a una banda musical del ejército que recorrió toda la Gran Colombia ofreciendo homenajes al Libertador. Bolívar nunca pudo hablar con esa india alta que evocaba el aire de los Andes con su flauta y muy especialmente enmarcaba tonalmente su *"Delirio sobre el Chimborazo"* en que él comparaba la montaña como una *'Torre de Guardia sobre el Universo'* luego de abandonar su intento a escalar el volcán.

Como los aires de su flauta, Fernanda por último desapareció, esfumada en esa historia de países y poderes oscilando perezosamente bajo los cóndores y los gavilanes.

Las cigarras esperan su turno bajo la tierra y las papas sacuden sus hojas ansiosas de mostrar sus tubérculos azules y rojos. Como un cometa, cada cual tiene su tiempo de destello. Cada cual desempeña un papel en su medida y en su tiempo. Hay que saber cómo y cuándo iluminar cada entorno. En cada caña hay un aire que desea exponerse en respuesta al sonido del viento y los pájaros chogüi (*Thraupis sayaca*) danzando en los naranjales. Desde sus raíces todas las montañas contienen la voz del continente y corean el paso del Libertador con esa tropa que muchas veces era solo un tropel sin voz. En realidad, nada sucede en el vacío. Todo emerge y permanece arropado en la melodía milenaria de esas cañas preparadas para cantar.

III
Gaspar
El fabricante de alcanfor

Siempre ha existido la necesidad de una medicina que pueda ser usada en un sinnúmero de casos. Por razón de la guerra y las condiciones de poca higiene en el campo, con un ejército tan numeroso y diverso, se buscó en el alcanfor esa dinámica curativa para males comunes. El problema era no solo saber qué hacer sino dónde conseguirlo. Gracias a la expedición de Humboldt se pudo encontrar un hombre cerca de San Fernando de Apure que tenía un bosque de árboles de alcanfor (*Cinnamomum camphora*). Los árboles descendían de cuatro estacas que un marinero holandés había traído desde China para usar como bastones y fueron perdidas en un juego de dados a un llanero local impresionado por su textura y color. El propósito del llanero no era tener una fuente de alcanfor sino hacer bastones elegantes para clientes aristocráticos. Metidos en un barril que pronto se llenó de agua de lluvia, los bastones empezaron a mostrar cogollos que forzaron al llanero a plantarlos en su patio. Su casa a la orilla del río servía de tienda de abarrotes, restaurante y hotel para los viajeros que entraban y salían de los llanos. Plantadas en un cuadrángulo a seis metros de distancia, las estacas se convirtieron en árboles donde se podrían colgar al menos cuatro hamacas y gozar de esa brisa húmeda que soplaba sobre el Orinoco y el Apure para evaporar el sudor y refrescar la piel. Así sucedió, y pronto el llanero se dio cuenta de que las hojas del árbol prevenían el crecimiento de otros árboles y malezas a su alrededor para ofrecer un suelo limpio y accesible como patio para funciones sociales. En ese cuadrángulo durmieron Bolívar y Páez en sus hamacas con una mesa grande en el centro que sirvió de escritorio general y comedor. Por allí también había pasado Humboldt mucho antes que Bolívar y Páez, enamorado de los llanos y el trópico con sus matices de verdor y color.

Para ese llanero llamado Gaspar, todo era consecuencia de esas cuatro estacas que en seis años ya habían crecido a casi quince centímetros de espesor en el tronco con una corona de seis metros y una altura ya de diez metros. Fue precisamente Humboldt quien instruyó a Gaspar acerca de las propiedades medicinales del alcanfor y lo entusiasmó a cortar más estacas para plantar más árboles y así producir suficiente medicina en una pequeña plantación sin perturbar a la naturaleza. De esta manera, como comerciante en hospedaje y alimentación, Gaspar se volvió también en farmacista por casualidad.

El alcanfor se puede usar en culinaria, incienso y medicina en esa forma de cristal blanco sacado de la savia y la maceración de las hojas. En forma más industrializada, se cortan las ramas para sacar astillas que se hierven para extraer una esencia que se cuaja en cristales de alcanfor. También tiene uso para repeler insectos como la polilla y prevenir su daño a ropa de lana y algodón. De una manera más especial, se puede usar para producir pólvora sin humo, muy conveniente para ocultar la ubicación de baterías de cañones o destacamentos de fusileros. Gaspar ignoraba todo esto cuando ganó lo que creía eran bastones y se alegraba ahora de saberlo por medio de Humboldt y su botanista acompañante: Aimé Bonpland.

Como farmaceuta, Gaspar siguió la ruta del ejército de Bolívar desde Apure hasta Lima llevando sobre su burra varias mochilas repletas de cremas, jabones, aceites, esencias y cristales de alcanfor para proveer a las tropas con remedios oportunos para reumatismo, artritis, congestiones nasales, cansancio físico, limpieza de picaduras y heridas leves, desodorante ambiental, dolores musculares y aliviar los efectos del cansancio mental; así como desinfectar mantas, alfombras y cobijas. Se mezclaban también los cristales con la pólvora negra para darle una cierta invisibilidad al ejército.

Desde Apure hasta Ayacucho se podía ver la figura de Gaspar y su burra marchando detrás de las tropas y mezclándose con ellas por las noches durante campamentos antes y después de batallas.

Luego de esos casi quince años de las jornadas de independencia, Gaspar regresó a San Fernando de Apure, donde su finquita se había convertido en un bosque de alcanfores explotados industrial y comercialmente para satisfacer las necesidades de la comarca hasta Maracay e incluso Trinidad y Jamaica. En Bogotá y en San Pedro Alejandrino, Bolívar usaba un jabón de alcanfor que Gaspar le regaló para desodorizar y tonificar su piel. El aroma de alcanfor cubría esa Gran Colombia desde Apure hasta Lima y Santa Marta. Las polillas de cualquier talla o carácter no podrían carcomerla o dañarla. En realidad nadie sabe cuánto bien se puede hacer cuando no se está mirando.

IV
Matilde
La bordadora de chocolate

En Jamaica hay picaflores o colibrís por todas partes y de todos los colores. Desde color rubí hasta amatista, dorado, verde y azul en tonos metálicos con gran destello de brillantez. Desde el Caribe hasta Ecuador, estos pajaritos saltan de flor en flor intoxicados por el néctar. Cada país tiene su variedad característica que es protegida con mucho celo. Cerca de Kingston, en las faldas de las lomas que descienden al Caribe desde las Montañas Azules, se han construido casitas multicolores como los colibrís con balcones amplios que miran al mar y recogen las brisas de los vientos alisios y contra-alisios en sus diferentes direcciones y sabores. Algunas casitas se cuelgan sobre los riachuelos que nacen en las Montañas Azules para integrarse a la naturaleza a manera de adaptación simbiótica entre estructura y paisaje. Las verandas se llenaban de materas con arbustos que producían flores repletas de néctar. Veranera, hibisco, camarón, fucsia, madreselva, bergamota, salvia, monarda, y esas flores tradicionalmente tropicales como estrelitzia, heliconia, plumeria, mimosa, alpinia y calistemon. Por esas galerías volaban los colibrís habilidosamente evadiendo a los gatos en busca de un pasaboca. Sin embargo, con un límite de vida de cuatro años es posible encontrar a menudo varios colibrís difuntos ofreciendo su piel destellante. Matilde, en su veranda recogía estos cuerpecitos y los transformaba, aumentados por otras plumas que recogía en la foresta, en mantas y broches muy apreciadas por las damas de sociedad. Por encima de los colibrís estaba el entorno que Matilde había forjado en su mirador como un lugar apacible para descansar, pensar, escribir, leer y generalmente escapar de los conflictos de la vida y del alma. Ella era mujer pequeña, de tez café con leche, pelo amarrado en un moño grande bien atado detrás de la cabeza, coronado por un *barrette* o pasador de carey. Se vestía con túnicas amplias en materiales multicolores, collares de pepas y un sinnúmero de pulseras que proclamaban metales y joyas tan diversas como los materiales de sus túnicas. Usaba una faja-cinturón de piel de cocodrilo bastante ancha con una hebilla de cobre. Hablaba y cantaba continuamente tanto como los pájaros alrededor de su casa. Era una esclava liberada que construyó una casa mínima con materiales mínimos en tierra mínima difícil de ascender. Su arte le proporcionaba sustento que suplementaba con su huerta y las cuatro gallinas que corrían por toda la casa poniendo huevos en las sillas y hasta en las hamacas. Le faltaba un gallo pero había varios en el vecindario que no dejaban de romancear su prole.

Cuando Bolívar llegó a Jamaica en mayo de 1815 le ofrecieron varias casas para descansar y pensar. Para evitar el bullicio de Kingston, aceptó invitaciones de varias personas en las lomas del norte al sur de las Montañas Azules, donde también podría caminar y gozar de la selva tropical bañándose en las múltiples cataratas, estudiando flora aún influenciado por Humboldt, afirmando su fe en la unidad del cosmos y generalmente renovando sus fuerzas. Solo necesitaba un lugar para colgar su hamaca y un escritorio para escribir. Matilde ofreció su casa basada en tener un poco de conocimiento acerca de las actividades y diseños del venezolano además de un sentido universal de hospitalidad. Más que todo tenía curiosidad por conocer a ese hombre cargado de ideales tan grandes y nobles. De cierta manera, ella se sentía como un cómplice en algo misterioso bastante difícil de comprender. Su veranda le ofrecía una plataforma hacia ese infinito que se trazaba sobre el corazón y la mente del venezolano. No muy versada en política y filosofía, le encantaba hacer preguntas o escuchar discusiones sobre el tema. Para ella, esa Gran Colombia independiente de la que hablaba el venezolano era una isla en el espacio repleta de posibilidades pero muy lejana de su experiencia y entendimiento. Marginada a esta isla en el mar Caribe, este hombre bastante flaco que hablaba de una gesta tan enorme como la liberación de un continente no parecía tener la fuerza y envergadura suficientes para librar esa batalla. Sin embargo, había una chispa en sus ojos, como esas tormentas que se vislumbran sobre el horizonte del mar que eventualmente llegan a la orilla trastornándolo todo. Ella podía ver en la mente de Bolívar, detrás de sus ojos, un torbellino como los que ella formaba con su batidor en el chocolate.

Además de los colibríes y sus gallinas, Matilde tenía un bosquecito de árboles de cacao que le daban una buena cosecha de bayas que le llenaban la veranda de pepas para secar y luego tostar en una paila de cobre. No era un asunto de tamaño industrial sino un toque de amor por ese cacaotal que afirmaba su fe en la unidad del cosmos con bayas rojas y amarillas que guardaban tanto placer y sabor. Una vez tostadas, las pepas se molían y mezclaban con polvo de canela o nuez moscada combinados con agua de azúcar para producir esas bolitas que se diluían en agua o leche caliente para obtener una bebida verdaderamente extraordinaria. Matilde batía la mezcla hasta que producía espuma y le echaba unas gotas de ron o unas hojitas de menta picadas para crear una bebida deliciosa y transformante complementada por bulla, bami o pan de coco[6]. Claro que se podían añadir otros aceites y esencias para complacer el gusto de otros. El chocolate no establecía o aceptaba límites. Para Matilde era asunto de hacer un bordado con hilo de cacao en una tela personal que arropaba gratamente la garganta del bebedor. En ese balcón, entre los gatos, los colibríes, las gallinas y la selva tropical, una taza de chocolate le quedaría a la medida incluso a alguien tan importante como Bolívar. Tal vez en medio

---

[6] Bulla, Bami y Pan de Coco son parte de la repostería jamaicana hechos con ingredientes locales. Las bullas tienen melado de caña, canela o jengibre o nuez moscada y a veces le añaden chocolate. Los Bami o Bammy tienen yuca prensada. El pan de coco se hace con una base de leche de coco.

de esto pudo articular su *"Carta de Jamaica"* y discutirla con gente como Matilde, que en realidad querían entender el pensamiento de este hombre tan singular.

Bolívar saldría de Jamaica rumbo a Haití el 15 de diciembre pero antes pasó el asunto del huracán entre el 17 y 19 de octubre que devastó gran parte de la isla y causó mucha muerte entre los esclavos. Afortunadamente Matilde salió ilesa y su casita con la veranda repleta de flores no sufrió mucho daño. Los estragos al norte de la isla por el área de Port Antonio fueron cuantiosos pero las montañas protegieron el lado sur alrededor de Kingston. Ese abril, el volcán Tambora en Indonesia había tenido una erupción que causó graves problemas con el clima mundial, al punto que el año 1816 se llamó el "año sin verano". También sucedió ese otro incidente del atentado, unos días antes de salir para Haití; cuando Pio, el sirviente de Bolívar, se dejó convencer por unos españoles de matar a su amo. El atentado falló el 10 de diciembre cuando Pio atacó lo que se creía era la hamaca de Bolívar con resultados muy gravemente equivocados. Así pasaba que entre colibríes y chocolate se ponía en juego la vida misma. En esos ojos en que Matilde veía una tormenta sobre el horizonte estaba en realidad el poder eléctrico de una nueva edad. Un huracán alimentado por chocolate surgiendo sobre el horizonte de países nuevos. La alborada de la independencia parecía nutrirse de chocolate y adornarse de colibrí mucho antes de Ayacucho.

V
Simeón
El piloto de alfombras

Uno de los problemas de marchar en campaña sobre territorio andino es la diversidad de climas y terrenos. En la mayoría de los casos hay esa llovizna persistente y fría de páramo que eventualmente congela los huesos y mantiene el suelo con un barro elástico que se pega a todo lo que pasa sobre él, desde pies, botas y ruedas hasta mantas y pantalones. La mayoría del ejército marchaba descalzo y usaba mantas de lana para cubrirse de noche contra el frío de los páramos y protegerse del agua por encima de los sombreros de ala ancha. Con la llovizna persistente, estas mantas muy pronto absorbían más agua de lo posible y perdían su función protectora a pesar de tener grandes rastros de lanolina que servían de protección adicional a pesar del olor hostigante a oveja mojada. Por esto las fogatas con esencias aromáticas y las frotadas con crema de alcanfor daban calor al cuerpo y distribuían aromas para relajar la mente. A pesar y por encima de todo quedaba ese piso mojado para dormir o sentarse a descansar. Qué hacer. En varias ocasiones se usaban hojas de palma de iraca tejidas rudamente en alfombrillas de poca duración. Simeón, un embera del Darién se sumó al ejército libertador antes del pantano de Vargas y cruzando hacia Boyacá se dio cuenta de la necesidad entre las tropas por una alfombra liviana e impermeable. Se acordó entonces de los tejidos de junco hechos por las mujeres en su tribu y con un grupo de amigos en la tropa marchó hasta el Chocó para promover producción y recoger esas alfombras livianas que una vez enrolladas se podían cargar sobre esa mochila colgada sobre los hombros durante la marcha. En casi tres años pudo reunir suficientes alfombras para todo el ejército y poner su carga en unas balsas que bajando por el río Cauca lo llevaban hasta las cercanías de Popayán, donde Bolívar acababa de llegar en camino para Pasto y el sur. Entre Popayán y Timinango se distribuyeron las alfombras sobre las cuales prácticamente volarían las tropas en sus sueños de victoria de Pichincha a Junín y Ayacucho.

Simeón era un hombre de baja estatura, fornido y de cara alegre que se había unido a la causa libertadora junto con un grupo de amigos embera en respuesta a ese llamado de la *"Carta desde Jamaica"* que le había sido descrita por otros en una tertulia en Medellín. Dejando su choza en el Darién marchó hasta cerca del pantano de Vargas llevando su machete, una manta gruesa de lana, y un morral con pertrechos para su escopeta. La realidad de la guerra no era importante para él tanto como la ilusión posible de esa libertad prometida por la campaña. Para gente como él la independencia no era un asunto de leyes y formas sino una experiencia del corazón. Claro que cruzar el páramo de

Pisba no era como subir a la serranía del Darién donde no había granizo o ciénagas congeladas. Tampoco se congelaba el rocío matinal como escarcha en el frailejón y sobre las pestañas. Todo tenía un precio. Simeón tenía un cuerpo tropical tratando de acomodarse al contorno andino. Cruzando Pisba pudo reafirmar su cometido y aprender en carne propia acerca de su validez personal. La victoria en Boyacá reafirmó su ilusión. El ejemplo de entereza y coraje dado por Bolívar y Santander durante ese cruce le servía de aliento en la frigidez del páramo y después. Recogiendo alfombras no pudo participar en la Campaña de Venezuela y el triunfo en Carabobo, sin embargo, luchó con coraje en el sur pensando que Bolívar podría ir al Darién y transferir personalmente su visión a su tribu todavía escéptica. No porque no creían en la verdad sino porque nunca la habían visto.

Simeón terminó la Guerra de Independencia como sargento mayor y regresó al Darién para educar a los suyos en esa nueva democracia tan verdadera como sus ojos verdes. Su sueño de llevar a Bolívar hasta su comarca nunca se realizó pero quedó impreso en sus sueños. No hay sueños inútiles. Cada sueño pertenece a una realidad tal vez esquiva pero posible. Caminando con sus recuerdos entre su tribu, Simeón trataba de replicar la figura y voz del Libertador. Tal vez una visita corta no era tan importante como un recuerdo de presencia constante. Quedaba siempre la esperanza de que en sus mejores horas sería posible que el Libertador soñara con ir al Darién y caminar por esas playas repletas de cangrejos y cocoteros. En la Bahía de Utria las ballenas saltaban para dar una mirada rápida a esas playas donde se esperaba ver a Bolívar pero solo podían vislumbrar a un anciano embera persiguiendo cangrejos con una cañita de carrizo. La esperanza libertadora cundía por todo el continente pero Bolívar se había fundido en Santa Marta volando en una alfombra de carrizo hacia la eternidad ya sin tos y sin sangre. Uno nunca sabe dónde empiezan o terminan los sueños pero es necesario soñar para poder despertar a una mejor realidad.

VI
Micaela
La intérprete de vientos

Desde las cimas de las montañas es posible observar la danza de las nubes y esos juegos del viento que se traducen en lluvia o sequía. Nadie vive en esas cimas, pero unos pocos saben subir y leer esas nubes y vientos para predecir el tiempo. Cerca del Nevado del Huila, sobre el filo de la Cordillera Central estaba la choza de Micaela con su rebaño de chivos angora y ovejas. Con un bordón tan alto como ella, se paseaba por las pendientes guiando y animando esa multitud terca y discordante de ovinos y caprinos siempre al borde del peligro. Los chivos se encaramaban caprichosamente a cualquier roca o protuberancia en un juego de supremacía individual y las ovejas parecían ser atraídas a los matorrales y los abismos en la esperanza de socorro. Alrededor de su choza tenía varios establos y un sumidero donde corría esa agua derretida de más arriba en la cima nevada. En ciertos momentos del año el agua formaba un riachuelo que atraía la curiosidad de las ovejas causando una que otra ahogada o atrapada en el barro del borde. Micaela odiaba esos momentos que la sacaban de su rutina de cardar, hilar, telar, ordeñar y hacer queso. De estatura un poco alta, cuerpo delgado y tez curtida por el sol y el frío, Micaela dejaba sus cabellos trigueños correr sueltos sobre sus hombros en una forma muy parecida a la lana de sus ovejas. En tiempos de más frío usaba una manta de piel de cordero pero de costumbre usaba una túnica pesada apretada bajo sus senos con un cinturón de lana tejido por sus manos en esas noches de soledad en la montaña. En la primavera era visitada por un grupo de esquiladores que le dejaban montones de lana para cardar e hilar en esas bobinas tan deseadas en los mercados de Neiva e Ibagué. La lana de su rebaño de chivos angora tenía cierta fama local por su color y suavidad por ser *mohair*, un material muy lustroso y fino. La lana de sus ovejas era limpia y muy blanca, repleta de lanolina, perfecta para tejer suéteres y mantas impermeables. En su telar, Micaela tejía mantas y bufandas de *mohair* y lana con ricas texturas que se vendían muy rápidamente. Sus primas Eustacia y Dolores vivían más abajo, en uno de los valles al fondo de la cordillera, y le ayudaban a cuidar el rebaño cuando Micaela bajaba hasta los mercados hacia fines de octubre una vez cardado, hilado y tejido todo.

Una tarde, en el mercado de Ibagué se dio cuenta del paso de Bolívar en unas semanas con su ejército en marcha hacia Ecuador y Perú. Pensando en hacer algo para apoyar la causa de la independencia, Micaela subió a su choza y en su telar hizo una manta de *mohair* con tonos de gris y blanco con un borde azul oscuro a través del cual inscribió: SIMÓN. Le encargó a Dolores ir a encontrar al ejército y entregarle la manta a Bolívar. Con su agradecimiento, el Libertador demandó saber más acerca de Micaela. Como si fuese interrogada por un servicio de inteligencia, Dolores habló largo sobre el nevado, el rebaño y la pastora con su telar al filo de la cordillera en uno de los puntos más altos desde donde se podía ver casi todo el país. Dolores también intimó que Micaela hablaba con los vientos y las estrellas, conociendo a muchas nubes por nombre propio y acariciando los vientos con su lengua.

Fue así que Dolores regresó muy entusiasmada para transmitir la idea dada por Bolívar de usar la posición en esa cima de la cordillera como un portal para avisar sobre el viento y el tiempo por medio de señales del código naval dadas con banderas que podrían ser vistas a distancia con catalejos. Era natural para Micaela observar las nubes flotando desde el Pacífico hasta la cordillera para predecir el tiempo desde Neiva hasta Bogotá y de Ibagué a Pasto. Saber de estas cosas le conferiría una ventaja al ejército Patriota en sus marchas y ataques. Por varios años Micaela izó esas banderas de código como una verdadera estación meteorológica, tal vez primitiva pero digna de confianza. Los vientos corriendo sobre los manglares del Pacífico y los cañaverales del valle del Cauca la visitaban en esa cuchilla al filo de la cordillera por donde Micaela podía ver su contenido, color y dirección. Con el tiempo, Micaela pudo izar banderas que anunciaban velocidad, humedad y tiempo eventual de lluvia para predecir de manera más constante y veraz el clima en múltiples sectores del territorio. Esto ayudaba tanto al ejército como a los campesinos esperando agua para sus cosechas. En muchas instancias los cabritos saltaban para tratar de morder las banderas y lamer los vientos sin mucho éxito. En su diálogo con vientos y con nubes, Micaela empezó a comprender el ritmo de la tierra más allá de ese punto en el Nevado del Huila sino en todo el hemisferio y el mundo. Había en ella un poco de esa fiebre por un conocimiento pleno que se apoderó de Humboldt unos años antes durante su excursión al trópico por los llanos de Venezuela. Una vez que Bolívar empezó a ejercer la presidencia de la Gran Colombia se acordó de esas charlas con Humboldt y nombró a un grupo de científicos para explorar y medir los picos de las cordilleras. En muchos lugares se instalaron equipos técnicos para medir alturas, oxígeno, vegetación y comunicaciones, así también como conformación química de los suelos. Micaela vivió en su nevado por treinta años luego de la muerte de Bolívar, rodeada de sus cabritos y ovejas más el recuerdo de una manta especial hilada en su telar que arropó a ese hombre tan alto en su mente como la cima del nevado.

Hoy las banderas siguen volando como cometas y el viento no deja de soplar y pastorear su rebaño de nubes. Micaela se ha unido a las constelaciones y al viento.

VII
Alfonso
El catador de tierras

En el esfuerzo por cultivar y cuidar la tierra se presentan problemas de operación ligados íntimamente con fertilidad, capacidad y manera de intervención. Es necesario saber el perfil químico de la tierra, su densidad natural y, por encima de todo, el uso más indicado para cosechas y desarrollo de toda índole. Ya a la vuelta del siglo, Humboldt en sus observaciones sobre procesos de cultivo y colonización en Sur y Centro América notó que la iniciativa agresiva de talar bosques, explotar minerales y represar ríos causaba daños muy severos al balance de la naturaleza con una consecuente pérdida o corrupción del recurso. En el afán de poseer terreno con miras a una gran e inmediata solvencia económica, los colonos destruían su patrimonio por ignorancia de las consecuencias o en respuesta a ilusiones o presiones para obtener producción contingente con sus ambiciones y obligaciones. Ser dueños de terreno apoyaba una fantasía feudal por dominio y señorío que era casi imposible de controlar. Los modelos culturales caducos en Europa tomaban nuevos auges en el Nuevo Mundo. Las fuerzas gubernamentales y eclesiásticas ignoraban cualquier advertencia sobre conservación

consumidos por una embriaguez de explotación o dominio sin límites. El esfuerzo principal era por control
total sin consideración de consecuencias. No era solo
en asuntos agrícolas sino también en minería, el diseño
de ciudades y grupos humanos. El Nuevo Mundo parecía existir para subsanar las deficiencias del Viejo
Mundo, igual que el vino fresco responde a la necesidad indiscriminada de un borracho habitual. Bolívar estaba al tanto de esto por su extensa relación con Humboldt y sus investigaciones. Sin embargo, la guerra dominaba sus pensamientos y obras de agricultura, humanidad e industria ocupaban un segundo plano. Ya habría tiempo de corregir errores. Sin embargo, con un
ejército compuesto de peones. esclavos y labriegos, el
asunto de la tierra y su posesión no podía olvidarse tan
rápidamente. Así llegó Alfonso a la carpa del Estado
Mayor en Túquerres durante la marcha inicial de la
Campaña del Sur. Habían acampado en Timinango, un
poco hacia el norte, pero bajaron hasta esta altiplanicie
cerca del borde con Ecuador atraídos por el buen clima
y la necesidad de burlar a los espías del régimen Realista. Alfonso venía sombrero en mano con una sencilla
pregunta para los patrones: *"¿Qué clase de papa querían que se sembrara?"*. A la sombra de varios volcanes[7], la altiplanicie de Túquerres-Ipiales contenía un
suelo muy fértil debido a la ceniza regada durante las
explosiones volcánicas y la industria de los pastos que
la cultivaban por varios siglos. La pregunta denotaba
tanto una realización de un nuevo orden como un acto

---

[7] La altiplanicie de Túquerres-Ipiales a 2,900 metros de altura está rodeada por los
volcanes Cumbal, Chiles, Cerro Negro y Azufral. Todos han sido activos y la región recibe sacudones o temblores de manera frecuente.

de sumisión para continuar costumbres sin interrupción. La respuesta vino en la forma de otra pregunta: "¿Cómo determinan sus cultivos?". Por esto, Alfonso se vio obligado a explicar las varias clases de papa y sus usos junto con las necesidades y preferencias del mercado y la comunidad. También explicó que las tierras fértiles necesitaban menos terreno de cultivo para obtener resultados similares a otras áreas menos fértiles. Al concluir su presentación fue remunerado con el cargo de intendente agricultural para esa Gran Colombia a punto de formarse una vez ese asunto de Pichincha, Junín y Ayacucho estuviese resuelto. El Estado Mayor había sido sorprendido e influenciado gratamente por el arco de conocimiento y sensibilidad demostrada por Alfonso. Para ellos era necesario librar una batalla sobre el terreno que definiría el futuro agricultural de la nueva nación. Alfonso era un indígena pasto que con su barretón podía determinar la fertilidad de un terreno y adjudicar disputas sobre terrenos y cosechas al viejo estilo inca[8]. Hombre de baja estatura, pelo negro abundante y lacio trenzado atrás, con una cara que evidenciaba una fuerte herencia inca, se vestía con pantalones blancos arremangados a mitad de pierna y una manta de lana de alpaca doblada sobre sus hombros. Su sombrero de lana gris con una cinta negra de-

---

[8] Cuenta el mito que la capital del imperio (Cusco) fue fundada por Manco Cápac y su Hermana Mama Oello, hijos del dios Sol que salieron del lago Titicaca con la misión de buscar un lugar que fuese el centro de un gran reino. Llevaban una barra de oro o barretón que hundían sobre la tierra para afirmar el lugar propicio para la fundación de ese gran centro. En Cusco procuraron hincar en tierra la barra de oro, la cual con mucha facilidad se hundió al primer golpe que dieron con ella y no la vieron más. Allí establecieron el centro del imperio.

notaba un roce con la cultura española. No usaba alpargatas y caminaba descalzo con un toque firme y constante. Tal vez era capaz de cubrir más de cuatro o cinco kilómetros por hora como los mensajeros del inca (los chasquis o chaski) lo habían hecho por todo el Tahuantinsuyo[9] desde Chile hasta Ecuador antes de los españoles. Su pecho fornido daba testimonio de una vida de labrador arando y cultivando la tierra. Tenía diez fanegadas de terreno cerca de uno de los riachuelos en la altiplanicie pero cultivaba solo la mitad para reposar la tierra y dar espacio a sus cuatro llamas. Para Alfonso, ese cargo recién recibido denotaba una bendición de los dioses contraria a lo que los misioneros enseñaban en los resguardos. Una oportunidad para instalar sistemas de riego y cultivo localizados y participativos.

Con bastante calma Alfonso se preparó para desempeñar su cargo, llenó dos alforjas con ropa, papel y varios instrumentos. Añadió una manta enrollada sobre las alforjas. Colgó su barretón a un lado de la silla y montando su caballo, empezó un recorrido de la Gran Colombia pasando por veredas a lo largo de la ruta del ejército y más adentro. Recogió datos sobre posesión de tierras, cultivos, necesidades y condiciones naturales que reportaba frecuentemente al Estado Mayor. Algunas de sus observaciones resultaban en medidas o recomendaciones para el manejo de tierras y recursos. Con un vigor, probablemente extremo, Alfonso reco-

---

[9] Tahuantinsuyo: Nombre del imperio inca que incluía los cuatro "suyos" o regiones: el Chinchaysuyo (*Chinchay Suyu*) al norte, el Collasuyo (*Qulla Suyu*) al sur, el Antisuyo (*Anti Suyu*) al este y Contisuyo (*Kunti Suyu*) al oeste. La capital del imperio era Cuzco, situado en el actual Perú.

rrió mucho territorio siempre buscando a los campesinos y labradores recogiendo sus opiniones y prácticas que le sirvieron para recomendar las cosechas más apropiadas para cada región en ritmo con la naturaleza y la capacidad de la mano de obra y el terreno, en lugar de la ambición de amos y terratenientes. En cada territorio y parcela, Alfonso tomaba un puñado de tierra, lo olía lentamente con gran devoción, lo trituraba entre los dedos, hacía una bola tan firme como la tierra podía darlo y tomando unos trocitos los mezclaba en una tacita de agua que se bebía enjuagándose la boca. En su libro de notas escribía una descripción con un valor que representaba un juicio básico sobre el mejor uso para la tierra. Análisis de esta capacidad le daban un mayor conocimiento sobre proyecciones de cosecha y satisfacción de demanda que eran muy útiles para la planeación nacional. Al Estado Mayor los reportes de Alfonso les facilitaba la función gubernamental aunque la influencia de terratenientes y explotadores de recursos conspiraba continuamente para prevenir la formación de una política en tono con la naturaleza. La sola posesión de tierra se veía como una licencia personal y totalmente independiente de cualquier otra preocupación o regla. Con el tiempo, y especialmente hacia el final de la gestión de Bolívar como presidente, empezaron a surgir bandos regionales de influencia que resentían la presencia de quien consideraban un indio sin alcurnia o título. Vale decir que en todo el tiempo de su función, Alfonso no recibió un estipendio oficial y pagó por su gestión con el producto de su cosecha de papa y la bondad de quienes lo hospedaban. De alguna manera el asunto de remuneración nunca se discutió en el fragor de la lucha por independencia. El mariscal Sucre en Perú, que había estado en el primer encuentro con Alfonso, apoyaba su gestión y deseaba instaurar un plan de protección de recursos naturales por toda la Gran Colombia en tono con la opinión de Humboldt sobre conservación y protección de recursos. Este deseo contrastaba con la ambición de varios generales y hacendados en Ecuador por formar un país a su manera y medida fuera de la Gran Colombia. Esta ambición logró coronarse con el asesinato de Sucre el 4 de junio de 1830 en la serranía de Berruecos, cuando Bolívar ya había renunciado a la presidencia y estaba embarcado con su tisis flotando en el Magdalena rumbo a Mompox y Santa Marta. La idea de la Gran Colombia se desmoronó casi de la noche a la mañana aunque estaba agrietada mucho antes. El paraje en la serranía de Berruecos, al nororiente de lo que hoy es el departamento de Nariño en Colombia, tiene la característica de ser bastante nublado, oscurecido por vegetación y propicio para asaltos y asesinatos. Treinta años después de Sucre, el general Julio Arboleda Pombo fue también asesinado en el mismo lugar luego de haber derrotado las fuerzas liberales en la Batalla de Tulcán, al borde con Ecuador. Por extrema coincidencia, Alfonso galopaba por el mismo paraje luego de saber del asesinato de Sucre y fue emboscado sin perder la vida pero recibiendo una paliza extrema que le quebró varias costillas y una rodilla. Maltrecho y decepcionado, Alfonso regresó a su choza para recuperarse y tomar cuenta de su futuro. Con Bolívar y Sucre en la sepultura y la Gran Colombia disuelta en cinco países por la voluntad de terratenientes aliados con la mezquindad de políticos y líderes militares, ¿qué opción podría existir para planes de manejo apropiado de recursos? Con mucha sorpresa, Alfonso recibió un llamado del general Santander, ahora presidente de la República de Colombia para continuar con sus labores bajo los auspicios de la presidencia. Santander estaba interesado en articular una política de conservación de recursos con explotación dirigida por principios basados en educación. Por esto ayudó a fundar varios colegios por toda la Gran Colombia[10] con un plan liberal de instrucción. Muy entusiasmado y reconfortado, Alfonso resumió sus labores sacando gran ventaja de los conocimientos adquiridos y formando vínculos de interés común.

Una noche, de regreso de Popayán pasando por Berruecos, fue asaltado de nuevo recibiendo varios balazos y pudiendo solo sostenerse sobre la silla hasta llegar a su choza en Túquerres. Allí se desplomó desangrando sobre bultos de papa rodeado de sus llamas. La razón de su visita a Popayán era para discutir la condición de la minería en el río Cauca que ya daba muestras de contaminación y pérdida de oxígeno. Poderosos intereses explotaban el río sin consideración a consecuencias. Lo importante era la explotación más que la

---

[10] El plan de Santander consideraba suprimir varios conventos para habilitarlos como colegios además de crear nuevas localidades. Se suprimieron 51 conventos entre 1822 y 1826. Se crearon entre 1819 y 1831 los colegios de Boyacá en Tunja, Santa Librada en Cali, Antioquia en Medellín, San Simón en Ibagué, San José en Bogotá, San Ignacio en Guayaquil, Seminario en Pamplona, Universitario en Velez, así como colegios en Cartagena, Panamá, San Gil, Santa Marta, Cumaná, Guayana, Guanare, Valencia, Mompos, Trujillo, Caracas, Quito, Mérida, Popayán. Se organizaron universidades en Quito, Caracas, Mérida y Bogotá. El plan de fundación incluía enseñanza en idiomas, filosofía, matemáticas, ciencias naturales, medicina, jurisprudencia y teología.

conservación. No hubo mucha nota de su paso y las memorias de la presidencia no incluyen a ese indígena que como sus antepasados vive en la neblina del recuerdo histórico. Indio de no consecuencia en un país blanco y estrechamente obsecuente. Los culpables de su muerte nunca fueron encontrados y enjuiciados, aunque es posible que vivieron bien remunerados y reconocidos, tanto como los asesinos de Sucre y Arboleda. La historia del país se ha construido a punta de muerte y rencilla entre intereses creados alrededor de oposiciones y sabotajes, en lugar de uniones de interés común y fructífero. El asunto de un diálogo razonado entre grupos opuestos no ha existido plenamente en el país aún antes de la independencia. Frentes contrarios exploraron y colonizaron el territorio ayudados por la geografía tanto como la diversidad de procedencias y niveles de educación

Ludius Tertius

Ya sabes que tomé el tren por el ferrocarril del Pacífico desde la estación en Cali, temprano en la mañana para esa jornada hasta Zarzal y Roldanillo. Es un evento que dura toda la mañana con paradas en Palmira, El Cerrito, Guacarí, Buga, Tuluá, Bugalagrande y Zarzal para hacer una conexión a Roldanillo por carretera. Todavía están pintando los murales en la estación de Cali que describen la historia de la ciudad. Toman ambas paredes en la sala de salidas y llegadas.

Salimos prontamente a las siete de la mañana. En cada parada hay un tropel de vendedores de frutas y refrigerios típicos del área que acosan al tren esperando complacer la voracidad de los pasajeros. Cocadas, envueltos de choclo, panderos, racimos de mamoncillos, chontaduros, bocadillos de guayaba, mangos, rebanadas de mamey, kumis, pandebono, obleas, champús, empanadas, tamales de gallina y toda otra cosa que se pueda cocinar y vender a la carrera. Es todo un festival gastronómico llevado tal vez al extremo. Cada parada tomaba diez minutos en las ciudades pequeñas y casi media hora en las grandes como Buga y Tuluá.

Desde mi ventana veo el paisaje deslizarse detrás de mí como un pensamiento que se derrite al pensarlo. Cañaverales y pastizales pasan lentos, arrastrando granjas y vacas y algunas lagunas con su cuota de garzas. Hay gualandayes en las faldas de la cordillera y el perfil de iglesias y silos jugando al escondido detrás de palmas y samanes. El río Cauca coquetea con la ferrovía mostrando y escondiendo su curso como una colegiala seductora. Pensando en ti y en esos viajes el día después de Navidad para visitar a la abuela me olvido del tiempo. Tu cara pegada a la ventana. Mi cara pegada al espacio entre nosotros. Una vez me intelectualicé y leí a Huidobro entre Cali y Zarzal en esa colección que me regalaste para Navidad. Tú jugabas con el broche de perlas que te di para sorpresa de mis tías. Nunca pensaron que podía ganar dinero solamente decorando vitrinas y vistiendo maniquíes de plástico en las tiendas. Pensé comprar flores en Zarzal para traerte pero solo pude hacerlo en Roldanillo al frente del mercado. Era un manojo de gladiolos, lirios y zinnias que mi abuela pensó eran para ella y lo puso en el florero debajo del lienzo. No pude discutírselo pues me esperaba con ese caldo de gallina con maíz dulce, yuca y zapallo que me rinde como a un esclavo. Me transforma y transporta ese olor a perejil y cilantro picado que ella tira sobre el caldo antes de servirlo. Es su manera de hacer un incensario que proclama la santidad de su cocina. Además había horneado panderos y almojábanas. Ya como adulto me ofrecía un tintero de aguardiente o un vaso de vino rojo. Antes me daba jugo de moras con leche. Prefiero las moras. Ella conoce muy bien mis debilidades y las explota sin misericordia muy para mi placer. Caminé por el canal de riego observando esos pececillos que aún recuerdan tus pies blancos y deliciosos. No preguntaron por ti pero sé que estabas en sus

mentes. Ellos no te olvidan en sus pensamientos piscívoros y traviesos. Las sandías todavía tienen tu nombre.
El viejo Luis las marca con su navaja una vez que empiezan a madurar. Es como una marca registrada. Yo
quisiera marcar las uvas con un bisturí laser, pero mi
abuelo no permite a nadie meterse en el viñedo, excepto
Luis y sus primos, quienes podan las viñas y escarban
el suelo con sus azadones para sacar las malezas. Además, ellos recogen los racimos en cucuruchos grandes
de papel blanco con el nombre y cara de mi abuelo impreso en ellos y los arreglan en cajas de cartón corru-
gado y encerado para llevar al mercado. De cierta manera mi abuelo piensa ser la imagen de un cultivador
italiano que él vio una vez en una revista de viticultura.
Su celo por la calidad de las uvas es asombroso y bien
remunerado aunque consume toda su vida. Hasta Luis
está convencido de la manera italiana y usa un acento
con manierismos italianos que da risa para los que saben la lengua o la cultura. Imagino que en la expansión
del Imperio Romano se vería gente como Luis imitando
las voces y manierismos de Roma. Por estos lados es
divertido ver a un quimbaya latinizado y romanizado a
su manera. Claro que la mística contribuye al valor de
las cosechas y esas uvas tienen mucha demanda en el
mercado por venir del viñedo del *signore* arriba en la
loma. La cosecha no es más que unas doscientas canastadas y no hay cuarto para ampliar excepto en el campo
de sandías, pero hay algo sagrado en el lindero que im-
pide traspasar. Tal vez son tus pasos sobre los surcos
sandianeros que el abuelo te hacía tomar cuando eras
chiquitina. Pensar que todo el viñedo empezó por un
deseo de hacer algo con unas fanegadas al lado de la

casa donde poco parecía crecer. Luego de una visita a la Granja Experimental de Buga mi abuelo compró por capricho e insistencia de la abuela cinco o seis vides que plantó atadas a estacas conectadas por líneas de alambre. Estaba entonces decidiendo entre zapallos y piñas para ese lote cuando se enamoró del romance viticultor. Para sorpresa, las vides crecieron, corrieron por las líneas de alambre y produjeron racimos grandes de uvas dulces. De esas pocas vides se cortaron otras hasta que muy pronto llenaron el patio como una formación de cadetes. Leyendo revistas sobre viticultura, mi abuelo terminó entendiendo cómo hacer lo que hacía. Ahora, vestido enteramente de blanco con un sombrero grande de paja, se sienta apoyado en un bastón en una esquina del viñedo dándole instrucciones a Luis y sus primos en medio de esa ceguera que él pretende ignorar. Me recuerda así la imagen del lienzo, excepto que la espada se ha remplazado por una caña de bambú japonés con un león de plata en la empuñadura que mi hermano le mandó de Bruselas. Su mirada vacía con sus ojos azules evoca en mí el deseo de nadar en la quebrada. Pero sin ti no hay propósito ni placer en eso. Desde la sala, la abuela interrumpe su lectura para contemplar al abuelo y sonríe satisfecha de que su mundo funciona como un reloj suizo. "Cada cosa en su lugar y un lugar para cada cosa" es su dicho favorito. La casa y todo su entorno obedecen su mando.

VIII
Mateo
El enterrador de
ilusiones

Siempre se habla de las gestas heroicas y celebraciones de triunfos, pero poco se dice de los escombros de batallas, de los muertos y los heridos. De esa resaca de cuerpos y equipo sobre los campos de batalla luego de que los vencidos y vencedores se marchan a sus campos. Todos los vivos se van, pero algo queda en el campo y alguien debe hacer algo. La medicina campal subsana un número de casos, los enfermeros llevan a otros a hospitales y sanatorios pero quedan los muertos tendidos sobre el campo, lejos de hogares y comunidades. Muertos solos con su muerte de cara al barro y al infinito. Cañones destruidos, rifles y lanzas que ya no tiran o hieren, mantas cubriendo cuerpos, caballos y mulas dando sus últimos estertores. Una que otra carreta con el eje quebrado. En los libros de estadísticas y en los reportes al Estado Mayor y en las historias se pueden encontrar las sumas y las restas que pretenden adquirir ciertas dimensiones de importancia. Con el tiempo esto no importa. Una batalla no es un ejercicio de contabilidad. Las cifras no pueden contener todo el significado. No hay débitos y saldos, solo vivos y muertos. La victoria pertenece solo a los vivos.

Así sucedió con Mateo, que sobrevivió el pantano de Vargas y el puente de Boyacá luego de una marcha dura sobre el páramo de Pisba, donde más hombres y mulas perecieron que en las siguientes batallas. La batalla en el pantano, solo dos semanas antes, más la jornada guerrera de seis horas en Boyacá, habían dejado a Mateo exhausto sobre el campo cerca del puente. No tenía ánimos para nada más pero lo enlistaron en un detalle para recoger muertos y heridos. Mateo, un campesino del Tolima al borde del Magdalena, reclutado a principios de julio antes del paso por el páramo de Pisba. Hombre fornido diseñado para ser labriego en lugar de soldado. Experto con azadón, pala, pico y machete nunca pensó en ser enterrador. Sin embargo, Mateo se entregó a su trabajo y antes de la caída del sol cavó las trece sepulturas donde se enterraron los restos de quienes perecieron en la batalla. Cien españoles habían fallecido pero sus sepulturas fueron cavadas por un destacamento de sus camaradas bajo una bandera de paz. A los tres días pudo llegar a Bogotá casi al mismo tiempo que Bolívar. Sin los uniformes vistosos del ejército español, Mateo y los soldados victoriosos se mezclaban bien entre los sirvientes y esclavos. La disciplina inspirada por sus generales y la Legión Británica los motivaba a bañarse y presentarse de la mejor manera posible, aunque no tenían deseo alguno de mostrar uniformes y condecoraciones. No que hubiera tales cosas. Los uniformes eran provistos por comerciantes ingleses que meramente recirculaban los que no se usaron

en los ejércitos del continente con resultados ocasional-
mente cómicos por la estatura y envergadura de los soldados nativos. La industria de la guerra no conocía
fronteras o tallas. Para Mateo y sus compañeros este
asunto de la guerra era una tarea no diferente de arar y
sembrar y cosechar. Eran hombres sencillos sin subtí-
tulos fijados en la visión inmediata presentada por sus
líderes. Como se ha mencionado antes, la alta sociedad
guardaba bastante recelo por estos soldados que no se
aproximaban a una versión europea de órdenes militares. Colocado por raza y color en la mitad del espectro
racial de la Gran Colombia, Mateo no tenía ni tiempo
ni disposición para encontrar su lugar exacto en la escala tonal de la sociedad. Lo importante para él era la
independencia y esa promesa de poder cultivar su terreno en paz. No buscaba posición de poder o alcurnia,
solo la oportunidad de labrar y mantener su familia.

Luego de Boyacá vino la Campaña de Venezuela y Mateo marchó con su destacamento de enterra-
dores hasta Carabobo, a más de mil cuatrocientos kilómetros y casi dos meses de marcha de su rancho pasando por parajes nunca vistos. El esplendor de las cordilleras no era fácil de observar o asimilar tratando de
llegar de un lugar al otro con municiones y provisiones
además del constante resguardo debido al inminente
peligro de una escaramuza.

Carabobo fue una batalla muy larga y encarni-
zada donde perecieron doscientos Patriotas y resultaron
cautivos, muertos o heridos cerca de tres mil Realistas.
Le tomó a Mateo y su destacamento casi una semana

para enterrar a los muertos ayudando bastante a un destacamento de Realistas vencidos que estaban faltos de asistencia luego de la huida general del ejército hacia los puertos de escape. Por ética cristiana se evitaba dejar los muertos a la intemperie para ser víctimas de fieras, los buitres y el tiempo. Estar muertos era más que suficiente. La paz de Cristo solamente les llegaba después de la guerra.

Luego de esto, Mateo pudo regresar por un rato a su finquita en Tolima mientras se preparaba la Campaña del Sur para la liberación de Ecuador y Perú. Su mujer, Beatriz, había cultivado la tierra en su ausencia, obteniendo buenas cosechas de verduras, hortalizas y maíz (choclo) que se vendían bien en el mercado local. Sus dos vacas daban buena cantidad de leche que Beatriz usaba para hacer queso y manjarblanco. Con la ayuda de su familia ella también había reparado las cercas y la toma de agua. Parecía que la presencia de Mateo no era tan indispensable en casa como en el ejército.

Reconfortado por su visita al hogar, Mateo caminó hasta Bogotá para reunirse con su destacamento y marchar los mil seiscientos kilómetros hasta Quito. La vastedad del continente parecía tragarse ese ejército de casi diez mil hombres aumentado a su paso por nuevos reclutas. Era un asunto de marchar por casi treinta o cuarenta días sobre terreno montañoso a través de dos cordilleras y el macizo andino al borde con Ecuador.

Siguiendo la tendencia de previas batallas, el encuentro de Pichincha, en las afueras de Quito, resultó en la muerte de doscientos Patriotas y cuatro cientos Realistas con más de mil doscientos prisioneros.

Luego de Pichincha, el ejército Patriota marchó lentamente hacia el sur sobre los valles y montañas de los Andes peruanos. Al cabo de quince meses confrontaron la fuerza española en varios locales, terminando en Junín con solo ciento cincuenta pérdidas contra doscientos cincuenta por parte de los Realistas.

Haciendo movimientos estratégicos por las cordilleras, las fuerzas se encararon en la batalla decisiva de Ayacucho, abajo de Huancayo y unos quinientos kilómetros al sureste de Lima. Los bandos estaban casi iguales a cerca de ocho mil soldados cada uno. Al final de la batalla yacían novecientos y pico de Patriotas muertos junto a dos mil cien Realistas y tres mil quinientos prisioneros. Mateo nunca pudo concebir esta dimensión. La carnicería era espantosa y provocaba vómito. Su destacamento gastó dos semanas enterrando víctimas y pensando en el tremendo significado de la batalla para la causa libertadora. El poderío español había cesado en el Nuevo Mundo, llegaba por fin la hora para la independencia de producir fruto o al menos sentar raíz. Mateo no celebraba la victoria tanto como disfrutaba silenciosamente de un sentido de deber cumplido. Un trabajo bien hecho es la mejor recompensa, como terminar de arar un campo al final del día. El problema de los muertos no era tan grande como el gran número de prisioneros. Qué hacer con tanta gente. Muchos eran españoles pertenecientes a varias guarniciones peninsulares enviadas a ultramar para combatir esta rebelión sin sentido en las colonias y apoyar la tambaleante corona de Felipe VII. Algunos tenían la experiencia de las Guerras Napoleónicas y tal vez veían en su misión al Nuevo Mundo una oportunidad para obtener más riqueza. Ahora estaban vencidos y acuartelados por esta chusma sin uniformes y en muchas ocasiones sin zapatos. En sus mentes corría el pensamiento de que este no podía ser un ejército de verdad. Tal vez era una ilusión causada por la altura o por algo malo que comieron. La Batalla de Ayacucho quedaba muy parecida a la Batalla de Lepanto o aquella de Pavía tres siglos atrás. Era un momento de transformación difícil de comprender al instante tanto para los derrotados como para los vencedores. Lo único inmediato era enterrar a los muertos, curar a los heridos y hacer algo con los prisioneros. Mateo había hecho su trabajo con capacidad y honor. Nada más bastaba.

Así sucedió que Mateo regresó a su finquita caminando esos tres mil y pico de kilómetros con la expectativa de abrazar a Beatriz pulsando en su corazón. Imaginaba ver su terreno en esos campos que pasaba en su marcha y se veía labrando en ellos rodeado del púrpura de gualandayes y el canto incesante de mirlas, titiribíes y cucaracheros. Su jornada es material para una descripción más larga, pero es suficiente saber que después de tres meses Mateo llego a la puerta de su finquita en Tolima y con Beatriz derretida en sus brazos pudo exclamar: "Todo está hecho, aquí estoy para hacer lo nuestro". Ese año la cosecha parecía tener más envergadura. Las vacas daban más leche y las alverjas se multiplicaban en torrentes de verdor. En una pared de su choza, Mateo colgó una estampa de Bolívar de pie con su mano en la empuñadura de su espada y esa mirada indagante que retaba a pararse en atención como en un ejercicio militar. No era una estampa muy grande pero sí era imponente. Cada año en el 9 de diciembre por el aniversario de Ayacucho, Beatriz ponía un ramo de flores debajo de la estampa. Unos años después empezó a hacerlo también el 24 de julio por el natalicio del Libertador.

Al cabo de casi un año Mateo y Beatriz tuvieron una hija a la que llamaron Simona en honor y recuerdo de alguien importante. De esta manera un labriego unía su terreno y su vida a una gesta que cubría terrenos y vidas en miles de valles y cerros andinos a través de medio continente. Es todo lo que un hombre sencillo puede hacer. Estos labriegos forman esa herencia de patriotas granjeros al estilo de Jefferson que Bolívar pensaba desarrollar en la Gran Colombia que no quería ser tan grande. Las alverjas y el maíz en Tolima celebraban el regreso del enterrador. Los cuerpos sepultados rendían testimonio y daban gracias más allá de las estrellas.

IX
Jacinto
El jinete del potro
volador

En los llanos de Venezuela los hombres se integran como uno con sus caballos y viceversa. Hay una relación formada y cultivada a lo largo de la vida y la llanura. En los llanos occidentales de Venezuela, en Guasdualito, en esa coyuntura donde el Sarare y el Uribante se unen para formar el Apure la vida circula entre el ganado y el río. Ambos se desbordan durante esa estación de lluvia que torna todo en un gran pantano salpicado por palmas. El Apure lleva sus aguas al Orinoco pasando primero por San Fernando de Apure y corriendo los últimos ciento cincuenta kilómetros rápidamente hasta el Orinoco para sumar unos ocho cientos kilómetros de curso total. Las distancias son grandes pero se cubren en corto tiempo a caballo o en canoa o en la mente. Los llanos no son estáticos. Se mueven constante y rápidamente como su gente. En todo este entorno, San Fernando de Apure se levanta como el punto donde todo converge.

Hasta allí llegó un joven de veinte años con su caballo, una mochila de cuero, una lanza y un deseo enorme de hacer algo que no sabía que se podría hacer. Se llamaba Jacinto y había nacido en Guasdualito. Llegaba cansado de arrear y rescatar vacas de las lagunas y bordes inundados por el río pensando que deberían existir otras opciones. Su porte era delgado, con cabello largo y oscuro que caía sobre sus hombros, vestía un sombrero de paja y pantalones arremangados hasta media pierna. No tenía camisa y estaba bastante teñido por el sol, al punto de aparecer como un indígena salido de la selva tropical. Hablaba en ese acento llanero que fluía rápidamente omitiendo vocales, desafiando interpretación. Sin embargo, demostraba una agilidad muy especial sobre el caballo, usando solo una manta para montarse en lugar de una silla, y sujetándose de las crines para dirigir al caballo en vez de usar riendas. El caballo parecía obedecer a la presión de sus rodillas y pies sobre su vientre. Podía desmontar y montar al galope, así como también montar a un lado abrazado de la nuca del caballo. A pleno galope podía tirar la lanza con mucha certeza y fuerza. Era de todas maneras un llanero completo buscando salir de su entorno. Un hombre del llano buscando nuevos horizontes. Llegando solo a San Fernando de Apure buscó una afiliación con organizaciones militares para servir de mensajero o cartero. Era su ilusión cabalgar por toda la Gran Colombia como un mensajero veloz en su potro que se deslizaba como el viento. Nada lo emocionaba tanto como sentir el viento en su pecho y en su pelo avanzando a todo galope sobre el horizonte. Se sentía entonces como un centauro tan poderoso como las patas de su caballo. El futuro general Zea, que estaba con su destacamento de lanceros por esos lados, se impresionó con la temeridad y agilidad de Jacinto, recomendándolo al Estado Mayor de Bolívar por medio de una carta que sería entregada por Jacinto a Bolívar en Bogotá.

Antes de partir, Jacinto recibió pantalones nuevos, una manta, una camisa y chaqueta para resguardarse del frío y una cartera de cuero para proteger documentos de la intemperie. Con mucho fervor el joven llanero galopó por cuatro días sobre una jornada de mil cien kilómetros cruzando los llanos y pedazos de las faldas de los Andes llegando al palacio donde estaba Bolívar a la media tarde del décimo sexto día. Para descansar a su caballo no corría más de diez horas por día, pernoctando en la intemperie envuelto en la manta y alimentando al caballo con la hierba tierna de los pastizales al lado de la trocha y el agua fresca de los riachuelos. Hombre y caballo se unían con un solo propósito, cada uno cuidando del otro. Jacinto y la carta llegaban justo cuando la Campaña del Sur empezaba para liberar a Ecuador y Perú.

Durante los seis años siguientes, Jacinto hizo la jornada de Bogotá y Quito, a Caracas y Lima muchas veces, llevando correspondencia clave para el movimiento de tropas y la administración de la Gran Colombia. Su paso fugaz era admirado y muchas veces imitado sin consecuencia por otros mensajeros de espíritu más controlado. Luego de Ayacucho, su potro empezó a mostrar señales de cansancio y envejecimiento. Una de las pezuñas se estaba agrietando y necesitaba descanso más que terapia. Los cascos que habían levantado polvo por miles de kilómetros sobre trechas de toda índole y condición ya empezaban a sentir la dureza

del camino en las suelas y ranillas produciéndole co-
jera. Por esta razón, Jacinto decidió regresar a sus llanos cerca de Guasdualito. Había en él un deseo también
de descansar. El galope por todas las trochas de la Gran
Colombia lo habían desgastado tanto como a su caballo.

De regreso a sus llanos pudo darle al caballo un
lugar amplio para descansar, recuperarse y trotar a
gusto entre las yeguas ansiosas de coquetear con un
ejemplar maduro y experimentado. Tendido sobre una
hamaca o sentado en la terraza, Jacinto entretenía a las
vacas y dos o tres mastines con las historias de sus jornadas como mensajero en esas guerras que liberaron a
cinco países por trochas donde su caballo había levantado una polvareda y dejado la impresión de sus herraduras. El llano lo envolvía otra vez con su verdor y sus
inundaciones, pero eso no importaba. Jacinto había col-
mado su ilusión más allá de la punta de una lanza.
Desde su urna en el Panteón, Don Simón recordaba con
gratitud las jornadas de muchos jinetes voladores como
Jacinto que adelantaron la causa de la independencia
sin saber qué llevaban en sus carteras.

Ludius Quartus

Maria Eugenia, Mirenchu amada.

No sé por qué existe ese espacio donde tú vuelas en mi imaginación. Vuelas como un escuadrón de nubes cubriendo todo el aire. Sentado en el balcón de mi estudio en Cali veo al río saltar entre piedras y juncos. Tú eres la sombra púrpura que torna al agua en amatistas resplandeciendo al final del día. Unos chicos juegan en el agua de una lagunilla al lado del río persiguiendo unos patos que insisten en nadar y pescar en esta nueva atracción causada por las últimas lluvias. Los patos son así. Amantes de lo nuevo y lo curioso. Como de costumbre, las sabaletas saltan entre las piedras tal vez tratando de ver lo que pasa alrededor. No sé cómo piensan los peces. Acabo de comprar un fonógrafo y varios discos de esas grandes bandas de Estados Unidos. Creo que te gustaría escuchar a Duke Ellington y tal vez bailar eso que llaman *swing*. Parece que esta es una nueva edad o tal vez he vivido bastante en una para mudarme ahora a otra. Es mejor pensar que algo es nuevo en lugar de llamar viejo a todo lo pasado. De todas maneras el aire es fresco y pienso subir a Roldanillo mañana para el cumpleaños del abuelo. He pasado unas semanas en Cali convaleciendo de una caída causada por mi curiosidad en ver el río más de cerca. Crucé la avenida y caminando por el andén me resbalé en flores de ceiba y forcé un tirón de los ligamentos de la rodilla derecha. Me vendaron la rodilla y he pasado los días sentado con la pierna sobre una banquilla. Por fortuna no me quebré la pierna o causé impactos sobre la cadera o la cabeza. Esta es la estación en que las ceibas y los tilos celebran su floración tejiendo carpetas de capullos que nos llenan de aroma y el peligro de deslices.

No sabía qué comprarle al abuelo para el cumpleaños hasta que Francisco me hizo recordar esos puros cubanos que le agradan tanto pero no le gusta comprar por el costo. Esos "Hoyo de Monterrey" gigantes de seis centímetros con su aroma exquisito que a él le gusta encender por el atardecer y que son también del gusto de la abuela que no tolera humo de tabaco de otra manera. No iré por largo pues tengo mucho trabajo por hacer antes del viaje a Nueva York para el asunto del premio y la publicación de mi libro en inglés. Mi agente literario me ha enviado paquetes de propaganda y una plaquita de identidad para entrar a la recepción. Todo está muy organizado causándome un poco de recelo. No estoy acostumbrado al tratamiento esmerado y considerado que celebra mis cosas como algo extraordinario y meritorio. No es por humildad o falta de estima personal, sino porque hay mucha hipocresía en el medio académico por esa competencia constante sobre tenencia y distinción. Se vive siempre en ritmo de batalla con montones de heridos a la vera del camino. Me van a hospedar en el Waldorf y ya me siento importante más allá de mis capacidades. Como decía Whitman en

su *"Canción del Camino Abierto"*: *"No sabía que contenía tanta bondad. Todo me parece hermoso"*. Tal vez
use un corbatín negro y mi traje de lino con camisa
blanca y el sombrero de toquilla para dar ese efecto la-
tino tan tergiversado pero esperado. Uno es a menudo
lo que la gente espera que uno sea. Hay que hablar después para derribar las suposiciones y despejar las dudas. Siempre habrá dudas. No importa el esfuerzo. Por
esto dicen que discutir con idiotas es peligroso pues no
se puede demostrar con certeza quién es el idiota.

Llovió todo el tiempo desde que salimos de la
estación de ferrocarril en Cali hasta el regreso dos días
después. El único sonido era el de la lluvia y el viento.
A veces el agua parecía caer horizontalmente sobre las
ventanas y me siento como un pez en un acuario gigan-
tesco con esos bosques de guadua que pueden ser brotes de alga o sagitaria. Me veo rodeado de anacaris, hi-
drofilia y mirio nadando con una pereza elegante como
esos cuatro *gouramies* azules en mi acuario en el estudio de Cali. Son elegantes sin la energía y nerviosismo
de peces dorados o gupis multicolores. Los *gouramies*
saben que son hermosos, dueños del tanque y actúan
con toda la solemnidad de reyes heredada de sus aguas
ancestrales en Pakistán y la India. Mi tanque es en su
realidad su más humilde palacio posible. Ver al valle
como un pez a través de la lluvia, sin los vendedores en
cada estación, es una jornada muy diferente. Tal vez
esto pueda resultar en un libro infantil, como mi tía me
lo sugiere a menudo. Ella lleva treinta y cinco años en-
señando el primer grado y a veces parece hablar en esa

lengua de los chiquitines de seis a siete años, con más verbos en imperativo que sustantivos. De todas maneras, pude leer y escribir a gusto hasta llegar a Zarzal. Me recogió don Pablo en la estación en su carro nuevo bajo un aguacero de todos los demonios. Me quería entrevistar para su periódico. Así que manejé y hablé mientras él tomaba notas. Por el asunto del premio me he convertido en criatura de zoológico que todos quieren ver y algunos desean tocar por si pudiesen así llevarse un poco de mi aura o esencia. Parezco contener algún secreto por revelar que puede conmocionar el universo. En realidad, me siento más humilde que nunca ante tanta atención. Solo he escrito y publicado lo que siento y pienso. Es tal vez culpa de mi abuela que me apoyó desde muy niño a seguir las intuiciones de mi mente y de mi corazón. La trocha se amplió con el tiempo y he llegado a tener una voz propia que afortunadamente ha encontrado un eco favorable.

El cumpleaños del abuelo pasó sin muchas complicaciones; la abuela organizó un almuerzo en el patio de atrás. Tuvo un tema griego sin togas por capricho del abuelo que está leyendo tanto como él puede con esos lentes de aumento que parecen ser parte de microscopios gigantes. Está tratando de interpretar a Sófocles y Eurípides a su manera. Nadie le entiende excepto yo y así me atrapa durante cada visita para discutir pormenores de tragedias y comedias. Su griego es excelente pero no puede leerlo por las cataratas en sus ojos. Lo veo como a un Homero muy inmediato que ve mucho a pesar de la ceguera. La abuela atesora este interés aunque se aburre con las tramas del teatro griego. Comimos pierna de cordero asada con esa salsa *tsasiki* que tú adorabas rodeada de *spanakoriso*, que es arroz y espinaca cocidos en jugo de limón. No sé cómo ella pudo hacer pan de pita tan bueno como el que una vez comí en Atenas durante mi viaje de pesquisa. Usando todo lo verde que producía el jardín hizo una ensalada fenomenal rociada solamente por aceite de oliva y limón con tajadas de tomate y trozos de queso feta. Ese limonar que yo planté para un proyecto de escuela primaria se ha convertido en un árbol magno y hermoso que nos mantiene bien provistos de unos limones grandes que producen una limonada muy sabrosa. Para Navidad la abuela los convierte en cáscaras hervidas con jarabe mezcladas con papaya verde que se come con manjarblanco. Lo llaman "desamargado" y no dura mucho tiempo porque mis sobrinas lo devoran con placer. Como postre presentó un plato de galletas de canela con vino rojo que le agradaron tremendamente al abuelo quien ya estaba un poco inebriado con ese vino *retsina* (vino resinado) que yo traje en deferencia a la tradición griega de dos mil años y el tema de la celebración. Fue una fiesta de familia con una idea bastante exótica que la abuela pudo manejar con cierta facilidad y gran placer. De pie, al lado del asiento del abuelo con su delantal todavía puesto, parecía un competidor recibiendo su medalla de oro y corona de laurel. Todos aplaudieron y ella hizo su gira triunfal alrededor de la mesa abrazando a todos y cada uno. Además de los puros le regalé al abuelo un libro pesado sobre la historia de la tragedia y comedia griega, con muchas ilustraciones, que yo tal vez tenga que leérselo dada su incipiente ceguera. El libro ocupará su puesto sobre esa mesa donde tiene todos esos libros sobre viticultura.

La lluvia terminó justo cuando llegaba de regreso a Cali. Decidí caminar en ese atardecer rosado a lo largo del río absorbiendo el olor a tierra mojada. El río estaba crecido pero las sabaletas continuaban saltando entre las piedras y sobre el dique debajo del puente, como es su costumbre. El viento había tumbado muchas hojas y barrido las flores de las ceibas al lado de esa estatua del Libertador con su espada desenvainada lista a enfrentar el enemigo o a las ardillas. Cualquiera que fuese. Caminé con el sigilo de mapaches resguardando mis rodillas. La caminata le sentó bien a los tendones. Por haber dejado la ventana abierta encontré la alfombra al lado del balcón bastante mojada y tuve que exprimirla y tenderla sobre la reja a ver si se secaba durante la noche antes de mi salida para Nueva York. Francisco, mi vecino, vino a recibir instrucciones sobre mantenimiento del estudio durante mi ausencia. Él enseña Biología y Química en uno de los colegios de secundaria establecidos por varias congregaciones de monjas. Se perciben como una especie de cajas fuertes para guardar la virginidad de doncellas de clase media y alta. Un tesoro de tremendo valor cuyo cuidado obsesiona a familias enteras. No parece ser tanto el asunto físico sino el cultural, con la posibilidad de retoños indeseables y la consecuente pérdida de alcurnia y patrimonio. Francisco tiene una maestría muy avanzada en catar vinos, mezclar cocteles y romancear doncellas. Su laboratorio siempre está repleto de jovencitas resolviendo sus tareas o simplemente pasando el tiempo con lo que ellas consideran un macho hermoso e interesante. Ninguna parece percatarse del peligro de hormonas y feromonas circulando sin control en un laboratorio, aunque también es cierto que todo es un juego muy conocido por cada lado.

Cómo deseo que viajases conmigo, Mirenchu del alma. Hace mucho rato que no pasamos un tiempo juntos.

En Nueva York. Instalado en un cuarto de dos piezas en el Waldorf me siento bastante perdido, pequeño y muy homenajeado. Esa cama de tamaño enorme es un océano de sábanas con almohadas como acantilados. Como a Ulises, hay sirenas que me invitan insistentemente a estrellarme allí por unas noches. Puedo imaginar ser como Colón y portarme a la manera de un almirante del mar océano como lo hacía en la zanja de riego al lado de la casa. Desde mi llegada me tratan con mucha deferencia lo cual se agrega a mi incomodidad. No es asunto de humildad sino de poder ver por primera vez las consecuencias de ideas y palabras en la estructura del tiempo. Esta es una especie de culminación de una jornada de varios años que al fin de todo parecen ser trozos muy breves de tiempo. No puedo hacer nada en retrospectiva, pero puedo marchar victorioso y seguro en el presente. El poeta Carl Sandburg de Chicago dice que *"el pasado es un balde de cenizas"*. No lo creo así, pero me halaga estar en el presente parado sobre ese balde. Todo mi pasado es el primer paso de este presente que ahora me abraza pensando tal vez que todo existe en una espiral que siempre gira hacia arriba como la cadena de ADN. Es en realidad un presente en modo continuo si se pudiese cambiar la gramática.

Me asignaron una estudiante de Literatura de la Universidad Columbia que me sirve de edecán o tal vez de arriera. Es bastante inteligente y habla en un español todavía titubeante y formal pero delicioso por el mero coraje de hacerlo. Le encanta mi inglés con ese acento que adquirí en Londres salpicado con modismos latinos. Ella carga una lista extensa de cosas que debo hacer o atender de manera casi inflexible en estos tres días de mi visita. Soy el pez sobre la mesa de mármol en el mercado mostrando la brillantez de mis escamas con los ojos abiertos sin poder mover mi cola o mis labios. En algún momento podrían limpiar mis escamas y cortarme en filetes. Firmo autógrafos en la librería. Ensayo mi discurso en el salón. Un fotógrafo me asedia por un rato extrayendo mi alma o algo meritorio de publicar. Me siento con varios periodistas de asuntos culturales a reiterar quién soy y por qué lo soy. Algunos son familiares con mi obra, muy para mi sorpresa. Como algo a la carrera con gente observando cada movimiento, cada mordida. Frankenstein pasaría desapercibido en esta colmena donde un monstruo diferente ocupa el escenario. Todo se traduce para mí en nerviosismo y un deseo incontenible de escapar y volar sobre el Hudson hasta Albany en el norte, allí donde recibe al río Mohawk.

Mirenchu, hace unos veranos floté contigo por esas aguas en una canoa. Éramos colegiales entonces. Tú estabas dormida bajo un gran sombrero de paja debajo de una sombrilla. Yo remaba cautivado por el río y sus riberas repletas de arce y sauce subrayados por azaleas y forsitias. La primavera se balanceaba entre el invierno y el verano con nosotros siendo el fulcro. Pensaba saltar al agua y zambullirme con entusiasmo pero toqué el agua para descubrir su frialdad casi igual a la tuya. Soñé entonces con lo que podríamos ser y hacer si este río fuese ese canal de riego en Roldanillo. Unas truchas saltaron para mostrar sus manchas y el brochazo rojizo en sus lados como heraldos de este sueño. Sin embargo la realidad elimina el sueño y hay que confrontarla lanza en ristre sin miedo y sin tacha como Don Quijote a los molinos. Tú eres ahora la musa de esta charla y estas palabras. Despierta y cierra la sombrilla.

La conferencia salió bien. Leí ese discurso sobre la sombra de los dioses literarios en Latinoamérica que había dado en México, con algunos cambios, y terminé leyendo varios poemas traducidos al inglés con tiempo para preguntas. Hubo mucho aplauso y cordialidad que me hizo sentir bienvenido en extremo. Me sorprendió el nivel de cultura o al menos el despliegue de urbanidad. Mucha gente estaba familiarizada con los dioses que dominan los estantes en las librerías previniendo la emergencia de nuevos talentos que podrían llegar también a ser dioses. Es hora de ampliar los estantes o mover a los dioses a estantes en un almacén junto con los diccionarios viejos. Tengo otros dos días de conferencia, pero son mesas redondas guiadas por miembros del profesorado que probablemente pasen el tiempo hablando de sus cosas olvidándose de mí. Tengo solo que ser yo mismo honestamente y no caerme dormido. Me queda tiempo en las mañanas para visitar museos y caminar por el Parque Central. Amo esa cultura como leche condensada que contienen los museos. Solo veo lo que aguanto y nada más. Hay mucho que ver en el Museo Metropolitano de Arte y en el Museo de Historia Natural, al otro lado del parque. Necesito reservar una tarde para ir al Museo de Arte Moderno que tiene una muestra de impresionistas y "modernos" alemanes que no son del Bauhaus. Hay que ver de qué o de quién se trata. Tal vez baje hasta el Barrio Chino en busca de *lo-mein* de cerdo o un pato a la pequinesa. La Quinta Avenida está repleta de tiendas y tú te enloquecerías pasando de tienda en tienda, como lo hiciste hace cuatro años cuando yo daba esas clases sobre Literatura Latinoamericana Contemporánea. Tengo que subir hasta Boston, donde Harvard quiere que repita lo de aquí, pero con nuevas cosas, tal vez diferentes, no por asunto de plagio sino de preeminencia. Ellos siempre quieren ser originales de alta nota. Me van a recoger aquí y llevar por auto, lo cual es muy gentil y divertido. Yo preferiría ir por tren pero la vía por carretera es hermosa en estas horas del otoño. Ojalá pueda subir a Gloucester como lo hicimos hace cuatro años. Quiero pasar otra vez por Salem y Plymouth. Comer langostas y abordar un bote para ver las ballenas en un día sin lluvia. Me entusiasma hablar de brujas y ver una vez más esa reproducción del Mayflower aunque me dé otro golpe en la frente con la entrada a la cabina. Mi estudio es más grande que ese buque y apenas tengo espacio para mí y cuatro *gouramies* en un tanque de cincuenta galones. Esto es muy turístico pero una vez por estos lados quiero conectarme con el entorno. Quiero andar de la manera menos académica posible. Busco autoctonía que puede verse como vulgaridad o falta de refinamiento. Cualquiera que eso sea. No estaría mal ir a Concord y visitar la laguna de Walden y el puente norte donde empezó la Guerra de la Independencia. Debe existir una conexión universal entre ese puente y el de Boyacá. Sería motivo para una pesquisa en otro día. Tengo amigos allá de cuando estudié mi maestría. Ya veremos, como dice el abuelo en medio de su ceguera.

Lo de Harvard está conectado a la imprenta de la Universidad de Oxford, que quiere publicarme en una edición bilingüe bajo la rúbrica de una colección de nuevo talento. Imagina esto a mis setenta y pico de años. Soy tan joven ahora como nunca lo fui. Tengo que ir a Londres en unos meses y no sé si es mejor quedarme por estos lados hasta entonces o regresar y pasar unas semanas en Roldanillo. Añoro la casa y todo lo que es tanto como he añorado todo lo que pudimos ser. Con el tiempo me crecen raíces que insisten en ligarme a un suelo familiar. La sombra de la vida y el lugar se vuelve más espesa y demandante. Como la cola de un

cometa arrastramos una carga sideral de una envergadura insospechable. No es solo un destello causado por
fricción de rocas con el infinito sino una manta que cubre kilómetros y aumenta con el tiempo. En todo estás
tú, repleta de polvo astral. Doncella brillante compi-
tiendo con las estrellas. Mirenchu.

Como incidente divertido te cuento que en la
aduana me confiscaron unas cocadas que me hizo la
abuela. Tenían licor de coco en lugar de esencia de coco
y el guardia me dijo que no podía traer licor sin licencia. Argüí que eran solo veinte cocadas y el licor probablemente no alcanzaba a dos onzas. Se enojó y me
dijo que yo no tenía capacidad para juzgar cantidades
de licor. ¡Imagínate eso! Como estaba de prisa decidí
no alegar más y salir del terminal sin las cocadas. Al
día siguiente, durante el banquete luego de la conferencia, estaba sentado al lado del alcalde y como cosa curiosa le conté el incidente de la aduana. A la mañana
siguiente recibí un paquete de la alcaldía con mi caja de
cocadas y una nota muy gentil del alcalde expresando
sus buenos deseos durante mi estadía. Le mandé una
copia autografiada de mi libro y me comí tres cocadas.
Parece que no hay nada como una charla en un banquete para arreglar entuertos o al menos recuperar cocadas. La abuela estaría orgullosa. Yo continúo siendo
goloso sin arrepentimiento.

X
Betsabé
La horneadora de panderos

En el Mercado de San Victorino en Bogotá como en los de Ibagué, Cali y otras ciudades hay gran derroche de golosinas que salen de la cocina doméstica y rural. Entre todas, el pandero es el más popular por sabor y utilidad. Se mezcla bien con café o chocolate e incluso con jugos de fruta. Sabe bien caliente o frío. Es muy sencillo de hacer con almidón de yuca, azúcar, huevos, mantequilla y un toque de aguardiente o esencia de anís. Puede presentar una variedad de texturas y sabores, dependiendo del cocinero.

En Chía, al norte de Bogotá vivía Betsabé una panadera con su horno de leña en forma de media esfera, como era típico. En ese horno hacía varios panes, almojábanas y panderos que se vendían en la galería de su casa a una clientela bastante numerosa. Por solicitud de José Palacios, el mayordomo de Bolívar, ella empezó a enviar cada mañana un paquete de doce panderos para beneficio del Libertador y sus visitantes. Parece que los panderos eran bien recibidos ya que se hicieron llamadas posteriores por unas docenas más a

media tarde y al anochecer. Unos edecanes venían a recoger los paquetes. Betsabé los empaquetaba en canastas de mimbre con servilletas de lino que guardaban un
poco la temperatura para llegar al palacio bastante ti-
bios y bienolientes. El monto de la compra no significaba mucho para Betsabé pero el nombre de su cliente
atrajo a otros que demandaron no solo panderos sino
también pan y almojábanas que mantenían el horno
siempre caliente.

Resulta que luego del fallido atentado a la vida
del Libertador, algunos malhechores en su frustración
rompieron el horno de Betsabé a nombre de prevenir
que el "dictador" recibiese cualquier objeto de bienestar o placer. Había una oposición enconada contra Bolívar en varios sectores pujando por dominio o recono-
cimiento que afectaba a muchos en su manera de pensar, como Sucre, en un país relativamente nuevo pero
con viejos vicios muy difíciles de erradicar. Un odio
acérrimo y mezquino parecía crecer bajo la sombra de
la independencia que ya no era asunto de retórica y con-
vivialidad. Ningún resultado positivo de este odio
puede contarse hoy como una marca de excelencia en
la formación nacional. El vandalismo al horno fue des-
corazonante para Betsabé, cuyo interés giraba bastante
lejos de asuntos políticos y embrollos similares. Se to-
maron casi dos semanas para reconstruir el horno con
la consiguiente pérdida de ingresos. Sin embargo,
Betsabé recibía un pago diario como si hubiese entre-
gado esos tres paquetes. El pago no tenía señales iden-
tificatorias, pero se sabía bien de quien venía.

Una vez reparado el horno, la clientela aumentó y hubo necesidad de construir otro horno. Betsabé decidió entonces abrir una tienda en la Calle 12 en Bogotá, cerca de la catedral, por falta de espacio en San Victorino. El local se volvió casi inmediatamente en un centro que atrajo una enorme clientela para la cual no importaba que Chía y los hornos estaban a treinta kilómetros de distancia y las golosinas no llegaban calientes como era la costumbre.

En preparación para el viaje final a Santa Marta, José Palacios ordenó varias docenas de panderos que Betsabé empacó en canastas especiales forradas en lino con unas botellas de aguardiente para renovar el sabor. Ella no sabía ni presentía el desenlace a llegar. En su mente ella veía al Libertador como esa gran figura fuerte e inspirada que había cubierto a caballo más de diez mil kilómetros y librado más de trescientas batallas. El Libertador era para ella, como para muchos, un concepto en vez de una realidad. Un concepto que pasaba como un vendaval alejado de humanidad pero lleno de poder. Su interés restaba enteramente en proveer un buen producto para alguien de su más profunda admiración.

Los panderos no afectaron la suerte de la Gran Colombia o el diálogo agrio entre los diferentes bandos. Solo sirvieron como refrigerios sencillos en medio de una conflagración intensa sobre privilegios y posiciones. Un pandero no decide otra cosa que un momento de reflexión y placer. La gran demanda diaria venía no tanto del Libertador sino de su entorno. El presente y el futuro de la patria se discutía con chocolate y panderos como las exhibiciones del salón de jardinería.

En los meses siguientes a la muerte del Libertador, Betsabé decidió cerrar la tienda en Bogotá y dedicarse solo a ventas en su casa de Chía. Nacida en Palmira en lo que era el Cauca Grande se había mudado a Chía con su esposo que era de ascendencia muisca y tenía una finca con unas pocas vacas y un rebaño de ovejas. Allá en Palmira a orillas del río Cauca había aprendido a hornear pan y golosinas. Si tenía un temor al mudarse era solo por estar lejos de su terreno familiar, ya que estaba convencida de que si el producto era meritorio, entonces la distancia no era objeto y los clientes vendrían fuera de donde fuese. El horno y el olor a pan recién horneado además del anís de los panderos colmaba de fragancia ese pequeño valle en Chía atrayendo curiosos que se volvían clientes. Así era el secreto de su triunfo. Un buen producto a un buen precio en su tiempo exacto. Eventualmente, sus sucesores ampliaron el negocio a nivel regional y nacional. Para ese entonces Betsabé caminaba más allá, por encima del horizonte, al lado de Bolívar, saboreando esa eternidad sencilla de los que cumplen sus sueños.

XI
Cristóbal
El fabricador de botas

Hay oficios muy humildes que parecen ser hechos para esclavos bajo pena de látigo o gente al borde social tratando de levantarse en escalas de alcurnia. Está, por ejemplo, el trabajo de limpiar zanjas sanitarias y cloacas o cambiar pañales en un ancianato. Pocos se imaginan haciendo eso, pero se debe hacer sin pertenecer a una cofradía de eremitas. Tampoco se imaginan limpiando botas manchadas con el barro del camino y el sudor de caballos. Botas que denotan posición y prestigio. No es un asunto tan grave como limpiar establos pero tiene inferencias degradantes. A veces estos oficios se hacen por amor y pundonor en lugar de mera humanidad. Todo buen trabajo merece hacerse bien.

Este es el caso de Cristóbal. Nacido en Córdoba, en Andalucía, de un padre zapatero y una madre dedicada a la artesanía de cuero. Su vida estuvo siempre ligada a cueros y su mantenimiento. Reclutado para un contingente Realista en Andalucía, fue llevado a Venezuela en los primeros días de la guerra de independencia para proveer el músculo que intentaría prevenir la insurrección. Herido en un pie durante una escaramuza recibió atención médica y un descargo por incapacidad de marchar. Buscando una manera de no regresar a España, se unió a los mozos que mantenían los caballos en los establos de Caracas. Era un asunto de limpiar caballerizas, bañar las bestias, pulir las sillas, lavar las mantas, mantener los arreos, velar por las herraduras y en general mantener un orden saludable para caballos y jinetes. Era un trabajo intenso y poco apreciado que Cristóbal no había hecho antes, excepto por el tratamiento de cueros con lociones, tinturas y betunes.

En poco tiempo demostró un nivel superior de habilidad, entusiasmo, conocimiento y dedicación, llamando la atención de un viejo zapatero marroquí, quien le ofreció la oportunidad de trabajar en su taller reparando y haciendo botas de equitación para soldados y particulares. Con varias hormas talladas de madera, las botas tomaban forma general que era refinada con patrones, medidas y cortes adicionales con el uso de múltiples herramientas[11] en cueros teñidos y tratados de manera especial. No era un trabajo fácil o rápido, sino uno que se complicaba por la demanda por urgencia de los clientes y los dictados de la moda. Todo se hacía a mano bajo la luz del día o de lámparas de poca intensidad. La reparación de botas requería un trabajo más detallado y una sensibilidad por el mantenimiento del carácter de la bota. La moda del tiempo demandaba cierto

---

[11] El trabajo en cuero requiere tres clases generales de herramientas: herramientas de corte, como cuchillos, gubias y chiflas; herramientas de costura, como agujas, leznas, tenazas, rulinas; y herramientas de repujado, como troqueles, estampos y mateadores.

nivel de apariencia que encajara con el contexto y estación del cliente. De su madre, Cristóbal había aprendido muchos detalles y tratamientos para cuero que ahora le daban no solo fruto sino una virtud especial que el marroquí celebraba con gran deleite. El cuero era para el marroquí no solo un material sino un instrumento para ejecutar un gran arte, como lo había hecho su gente por varios siglos en el norte de África. En español se llama "marroquinería" al trabajo de cuero en homenaje a la industria que se originó en Marruecos y duró constante a través de los siglos. No solo haciendo zapatos, botas o pantuflas sino también en trabajos de repujado y trenzado que elevaban la labor a un gran arte.

En Cristóbal existía un aprendiz capacitado y abnegado que podía darle nombre y alcurnia al taller. Así le llegaban al taller periódicamente las botas de los hombres en la familia Bolívar para hacer reparaciones junto con órdenes para nuevas botas. En una estantería se mantenían las hormas y patrones de varios clientes, incluidas las de Simón, que daban testimonio de la envergadura de la clientela y el alcance del trabajo del taller. Recorriendo varias veces la Gran Colombia generaba un gran desgaste en las botas por su roce contra la piel del caballo, el sudor del animal mojando el cuero y el daño de la intemperie con lluvia, barro, sol, hielo y matorrales rozando contra las botas. Los asistentes y edecanes embetunaban las botas, pero muchos daños no se podían ocultar tan fácilmente. Había muy a menudo necesidad de una reparación más extensa.

El taller en Caracas reparaba las botas y producía nuevas que mantenían al Libertador bien equipado para cualquier contingencia. Cristóbal le llevó dos pares a Lima y reparó allá varias de las botas de su Estado Mayor usando los productos de curtiembres locales. Muchos quedaron muy complacidos por el trabajo y al final de las guerras acudieron al taller en Caracas para ordenar nuevas botas o reparar las viejas que, una vez tocadas por la mano experta de Cristóbal, quedaban como nuevas.

Ese taller en la Avenida Este 2 duró por mucho tiempo y sirvió para impulsar el desarrollo de una industria que usó el recurso de las curtiembres originadas en los llanos.

En tres ocasiones Cristóbal encontró a Bolívar luego de su muerte. Primero fue en La Guaira en 1842, cuando el cuerpo fue traído de Santa Marta para depositarlo en la Iglesia de San Francisco. La segunda vez cuando fue llevado a la catedral unos meses después y finalmente en octubre de 1876, cuando fue llevado a la Iglesia de la Santísima Trinidad (su nombre completo era Simón José Antonio de la Santísima Trinidad Bolívar Ponte Palacios), que fue transformada en el Panteón Nacional. Para entonces Cristóbal era ya un anciano con ojos nublados pero claridad en la memoria. Su trabajo cosiendo botas y repujando cuero bajo poca luz terminó dejándolo parcialmente ciego. Aunque nunca peleó en batallas, Cristóbal tenía la satisfacción de haber mantenido al Libertador bien calzado y bastante protegido de los elementos. Visitaba a menudo el Panteón, aún impresionado por ese hombre de estatura poderosa y carácter gentil que conoció en Lima. Unos ladrones se internaron en el taller y se robaron la horma y los patrones de las botas del Libertador quebrando también la mesa de granito sobre la cual se cortaba el cuero. Esto no importaba. Todo lo que se debía hacer ya estaba hecho y la memoria era más valiosa que la presencia.

Ludius Quintus

Mirenchu, mi querida:

Decidí quedarme en Nueva York y traer a las tres sobrinas para una vacación de dos semanas. No he podido saber si esta era una buena idea, pero se realizó. Como tú, se encantaron con las tiendas a gran costo para mi bolsillo y descubrieron sabores exóticos en esos restaurantes extranjeros que abundan alrededor de Times Square. Les di mapas y carta blanca para explorar mientras yo usaba la biblioteca. Un día caminamos por la orilla del Hudson hasta el Parque de la Batería, donde se aborda el barco que lleva a la Estatua de la Libertad. Era un día muy soleado y templado. No quisieron ir a la estatua, pero nos deleitó tomar el subterráneo a Brooklyn y llegamos a Coney Island con mucho viento frío, aunque con gran deleite. Fue un gran día que se hizo incluso más especial por una comida en un restaurante ruso y una visita a un bazar en la Avenida Brighton. No regresamos al hotel hasta medianoche, repletos de recuerdos y *souvenirs.* Los tragos de vodka helado se calentaron luego dentro de nosotros y resultamos bastante inebriados. Las sobrinas durmieron hasta el mediodía y decidieron pasar la tarde en la tienda de Macy's en Herald Square. Yo pasé la tarde en los baños y en un café en Park Avenue. Las sobrinas se regresaron con maletas adicionales y vestidos nuevos.

Creo que agotaron el inventario de pantaloncitos y zapatos en la Quinta Avenida. No he podido entender esta inclinación u obsesión, pero me llena de curiosidad. No parece tanto narcisista como dictada por un deseo descontrolado de acumular cosas solo por tenerlas. Las tías son así. Siempre están saliendo de compras adquiriendo cosas por el puro placer de adquirir. Tú debes entenderlo, Mirenchu.

Despedí a las sobrinas luego de dos semanas, cargadas de paquetes evidenciando exceso por ambos lados. Mi alcahuetería y su desidia. Habrá tiempo luego para contrición y reparación. Estuve en Londres y Oxford por dos semanas. La mayoría del tiempo caía esa llovizna suave que parece ser una mezcla de niebla y rocío. Es muy deprimente cuando no hay sol. La imprenta me mantuvo bastante ocupado editando tiras o galeras del libro. Era mi propia traducción, pero necesitaban un nivel alto de certeza por asunto de su reputación y el deseo de los editores por obtener un resultado perfecto. Hice varios ajustes en verbos y modos para mejorar la expresión de ideas. Es difícil traducir en el mismo espíritu de la lengua original, pero se puede transmitir el sentido sin caer en la mecánica de un paralelismo forzado y sofocante. Cada lengua tiene su sentido que es necesario observar so pena de crear esterilidad. Me hubiese gustado hacer esto en soledad, pero insistieron en reuniones periódicas a las que asistían algunos expertos en traducción que invariablemente me aclaraban lo que yo deseaba o intentaba decir. Como si yo no lo supiera. Siempre he encontrado gente que sin ser nativos o haber experimentado la cultura en primera instancia pretenden saber más del significado de la lengua. Con más de un millón de palabras en mi aljaba o carcax, centenares de horas de enseñanza a nivel universitario demostrando fluidez en el idioma extranjero, una gran cantidad de ensayos académicos en la lengua extranjera adecuadamente examinados y miles de lectores en todo el mundo en ambas lenguas, creo tener cierto nivel de autoridad sobre el significado de mis obras y palabras. Mi amigo Douglas dice que soy un criollo super educado. Yo creo ser la consecuencia de varias corrientes que me han pulido como a una piedra, hasta hacerme valioso y digno. Me alegra el proceso y me molesta bastante el resultado por no estar enteramente en mi poder. Soy más de lo que he querido ser y mucho menos de lo que se ha querido que sea. Para no irritarme demasiado, decidí pasar dos o tres tardes visitando el Museo Ashmoleano con sus colecciones griegas y egipcias, imaginando el esfuerzo por usar esa piedra Rosetta para construir un puente de entendimiento entre tres lenguas. Terminamos el ejercicio editor por el miércoles de la segunda semana celebrado con un buen almuerzo y mucho vino. Hacia el atardecer me llevaron al departamento gráfico donde escogimos una portada con *Las Tres Gracias,* bastante similar a la pintura de Rafael pero dibujada por un artista local para evitar el asunto de derechos de autor. Me hizo acordar de mis tres sobrinas.

Esa noche tomé el tren para el viaje de una hora hasta Londres, medio dormido por el cansancio de un día repleto de actividades. Me pasé la siguiente mañana en Harrod's sin saber qué buscar. Compré unas corbatas y un sombrero de felpa gris con una pluma en la banda. No sé por qué pero me dio la gana de repente y sucumbí tal como mis tías y mis sobrinas.

Cuando regrese, pasaré unos días en Cali antes de ir a Roldanillo. Necesito limpiar el estudio y pasar tiempo con los *gouramies*. Mi vecino Francisco está cuidando de ellos. Debo tener un montón de correspondencia. Creo que le daré a Francisco una de las corbatas. Le daría el sombrero si le gusta. No tengo más ese sentido de posesión por mis cosas. Las doy libremente a ciertas personas que me han hecho favores. Es increíble el número de gente que encuentro en mi vida diaria cuyos buenos oficios a mi favor facilitan la vida entera. Desde lavanderos hasta panaderos, zapateros y cocineros o mensajeros y oficinistas. Todo funciona mejor con su ayuda por breve que sea. Todos tienen orgullo en sus labores y yo gozo de ese orgullo. Además de Francisco tengo una mujer que limpia mis cuartos y lava las sábanas, fundas y toallas. Ha estado a mi servicio por más de veinte años y no puedo vivir sin ella. Le pagué la matrícula a su hijo para la secundaria y me llena de orgullo con su progreso. Es un chico muy listo e inteligente que quiere remontar su posición y llevar a su madre con él. Claro que todo esto me hace aparecer como una agencia de beneficencia, pero por algo he tenido oportunidades y recompensas. Hay que escalar con cuidado para no tirar piedras y barro a los que vienen detrás y tener la mano lista para ayudar en la subida. Llegar a la cima no es el primer objetivo, aunque muchos se apresuran y encuentran nada al llegar que los satisfaga. No sé a cuántos he ayudado pero sé muy bien cuántos me han ayudado. Para ellos guardo eterna gratitud.

XII
Louis Auguste
El maestro de hospedaje

Bolívar llegó a París por primera vez en 1799. Cinco años después regresó, luego de la muerte de su esposa. Entonces, como un hombre joven, inteligente y atractivo se sumió de lleno en la vida social de eventos, conferencias, descubrimientos y relaciones. Eran los tiempos del Imperio con Napoleón coronado como emperador y una intensa vida cultural de nuevos descubrimientos y movimientos sociales. La presencia de Humboldt y Bonpland recién regresados de su excursión tropical le ofrecía una gran oportunidad para discutir tanto la interdependencia biológica como la independencia de América del Sur. En estas y otras ocasiones, el futuro Libertador se paseaba por París con la familiaridad de un nativo. Ayudado por amigos en varias entidades le era posible mantenerse al día sobre eventos y recepciones de importancia. En medio de todo estaba un hombre de mediana estatura y costumbres gentiles que operaba como un *concierge* sin asignación de hotel.

Louis Auguste Molinette Beaumont, nacido en Montpellier en el sur de Francia, de familia modesta. Se había mudado a París enamorado de la dinámica ofrecida por el Nuevo Imperio y la intensa vida de letras y ciencias que dominaba a París. Era un experto en la geografía de la ciudad y en localizar sus salones y centros de discusión intelectual y científica. Tenía mucha fluidez en español, alemán, italiano e inglés, además de francés. A veces conducía conversaciones en dos o tres lenguas al mismo tiempo como si fuese un asunto normal. Así habló con Humboldt en varias ocasiones para admiración y sorpresa del prusiano. No es fácil describir a Louis Auguste pues nunca presentaba un cuerpo entero para observación. Siempre estaba en movimiento, torciendo las manos en diversas direcciones, mirando a su entorno subiendo y bajando la cara. Cubierto con sombrero de ala ancha, bufanda arropada varias veces sobre el cuello, un saco o abrigo oscuro, pantalones negros con zapatos negros bien pulidos. Usaba una pipa que casi nunca tenía tabaco. Le servía más que todo para señalar o enfatizar. Cargaba una mochila de cuero colgando de su hombro izquierdo repleta de papeles y libros que siempre estaba hojeando para demostrar puntos. Su voz era grave y rápida con un acento que no era parisino aunque bien claro y enunciado. Durante el día se paseaba entre varios cafés visitando amigos a horas de costumbre. Hay días en que desaparecía entre las multitudes dando giras de París a un nuevo amigo o un recién conocido. En el invierno se deleitaba pasando el tiempo en el jardín botánico, estudiando plantas y hojeando la colección de herbarios. Asistía a clases de su placer en La Sorbonne dando la impresión de ser un intelectual visitante que los conferencistas aceptaban y reconocían sin reparos. Se puso al servicio de Bolívar al verlo tratando de encontrar una dirección en ese complejo de calles con múltiples nombres que es el centro de París y se convirtió en su guía permanente tratando siempre de permanecer en la sombra. En el clima revolucionario del tiempo era para Bolívar un placer y una gran ventaja tener a alguien como Louis Auguste que facilitaba el trajín de viajar y transitar tanto como conectarse y conocer. París es en realidad un pastel de hojaldre con múltiples hojillas que toma tiempo y placer en deshojar. También podría verse como una alcachofa difícil y penosa de comer. Los placeres de la ciudad eran tanto intelectuales como carnales. Mientras que el resto de Francia era por todas apariencias un vasto monasterio, en París imperaba un nivel extraordinario de libertad y fervor que se traducía no solo en extensas e intensas discusiones sino también en un mercado voluminoso de actividad carnal. El Jardín de Luxemburgo en el 6º Arrondissement era un legado de Marie de Medici (viuda de Henry IV), construido a principios del siglo XVII, que se celebraba como un lugar preferido para encontrar y conocer amigos. En las noches de verano, con esos atardeceres que duraban casi hasta medianoche, el parque gemía con el encuentro de amantes entre las plantas y sobre los prados. Lo mismo pasaba con el Jardín de las Tullerías (un legado de Catarina de Medici a fines del siglo XVII) una vez que fue abierto al público después de la Revolución. Los bancos del Sena y los espacios bajo las bases de los treinta y cinco puentes ofrecían otros lugares preferidos para actividades de índole íntima tarde en la noche, aunque a veces en el ardor del día los amantes se las ingeniaban para consumar su pasión en esos lugares. La ciudad entera se ofrecía a los amantes como una manta bajo la cual todo era posible. Las libertades ganadas con la Revolución promovían un nuevo clima todavía difícil de digerir pero muy placentero en su adaptación. El Viejo Orden estaba enterrado y un Nuevo Orden emergía buscando definición e implementación de diferentes maneras en todos los aspectos de la vida ciudadana. Bajo la influencia de Rousseau, Voltaire y Moliere el afecto carnal se había liberado y reinaba supremo como una virtud romántica expresiva de una nueva libertad. No por algo se llamaba a París la *"Capital del Amor"*. Claro que se podían encontrar residencias y salones donde el encuentro de cuerpos era intenso y privado pero la magia de la luz exterior ejercía un gran poder sobre el público general sin acceso inmediato a una alcoba o un salón. París se definía como un centro del amor, no tanto en poemas sino en realidad práctica. Louis Auguste sabía muy bien todo esto y demostraba mucho aplomo, agilidad, privacidad y buen juicio guiando a personajes como Bolívar por estos laberintos de lujuria. Así pasaba también con la compra de vestuario. A través de Louis Auguste existía un contacto con sastres, zapateros y modistos que atendían muy solícitos a las necesidades de clientes en la vida pública. Estar bien vestidos era asunto de símbolo más que de utilidad. Tal vez Bolívar y Louis Auguste nunca discutieron asuntos de política o lucha por la independencia aunque es muy posible que conversaran acerca de las doncellas locales a algún nivel de profundidad sobre sus atributos y disponibilidad. Sus abuelos habían perecido durante el Régimen del Terror en esa cruzada sobre libertad de religión en La Vendée, cerca de Nantes, después de la cual sus familias emigraron al sur y se establecieron en Montpellier, que era un centro de los huguenots o protestantes emigrados del norte y el centro del país al sur del río Loire. La erradicación de religión era uno de los dogmas de la Revolución que causó mucho conflicto y desasosiego en el campo fuera de París.

Desde su pequeño apartamento en el cuarto piso de un edificio en la Rue Vaugirard cerca de le Rue d'Assas, el joven Louis Auguste ejercía su oficio con generosidad y solvencia recibiendo emolumentos generados por la satisfacción de sus clientes y unas asistencias de la Secretaría Nacional de Educación Superior, por ser estimado como un patrimonio vivo de la nación dados sus conocimientos históricos, culturales y geográficos de la ciudad. En un tiempo futuro Louis Auguste tendría tiempo para regresar a Montpellier, ingresar a una de las más antiguas universidades de Europa y dedicarse tal vez a guiar turistas por esa región de Languedoc-Roussillon y sus contextos históricos o escribir disertaciones sobre conceptos de lugar y pertenencia. Podría tal vez seguir los pasos de ese hijo local Auguste Comte y su invento de la disciplina de Sociología. Por ahora, París lo satisfacía y el roce con Bolívar lo completaba. Guiar al futuro Libertador sin afán de atribución no representaba un sacrificio para el joven montpellierano. Era más bien, una cortesía de dimensiones transcendentes ejecutadas providencialmente.

XIII
Andrea
Intérprete de fuentes

Durante su visita a Roma con el maestro Simón Rodríguez y su amigo Fernando Toro, el joven Bolívar de apenas veintidós años hizo un paseo ascendiendo la Colina Aventina o Monte Sacro. En ese atardecer de verano, luego de discutir la historia y arte de Grecia y Roma, con sus lazos a la cultura de la Edad Media y del Renacimiento junto con las ideas de los pensadores de la Revolución Francesa, le entró a Bolívar el deseo intenso de hacer un juramento para dedicar su vida a la lucha por la independencia de Venezuela y exterminar el poder español del continente. Era una época plena de un romanticismo progresista que imbuido por la declaración universal de los derechos humanos anhelaba encontrar un establecimiento puro de ideales de libertad y justicia. La hegemonía de países e imperios se veía contraria a estas ideas. La revolución en Norte América se levantaba como un gran logro pero para una España colonial e imperial, dominada por un catolicismo estricto y contra reformativo arropando un sistema social y político enteramente jerárquico, la discusión de libertad en las colonias no gozaba de una buena o entusiástica acogida. Sencillamente, el sistema señorial en Hispano-

América no toleraba la consideración de un sistema diferente de dominio. Ese juramento en el Monte Sacro resonaba con ecos de una lucha dieciocho siglos antes (494 BC) por los plebeyos de Roma que buscaban libertad y justicia contra el orden establecido por los patricios. Fue entonces que los plebeyos ganaron el derecho de elegir sus propios magistrados (tribunos). Esta historia del fruto de coraje en la lucha por libertad era evidente en el juramento hecho por Bolívar en el contexto de la Colina Aventina. Claro que el contexto real de ese juramento es más amplio que una revuelta plebeya en el gran pasado. La experiencia de Roma y los logros del Imperio Romano subrayaban la realidad del ejercicio de poder y la garantía de justicia. No tanto la justicia de tribunales sino de la condición humana y distribución de recursos. Para esto era suficiente observar el funcionamiento y mantenimiento de las fuentes a lo largo y ancho de Roma.

Andrea se prestó como guía al grupo de venezolanos que con Bolívar visitaba Roma. Uno de sus profesores conocía a don Simón Rodríguez, pero dada su avanzada edad no tenía fuerzas como para subir y bajar lomas por toda la ciudad. Sin mucho alarde y libre de inferencias intelectuales, Andrea se dedicaba a mostrar el sistema de fuentes como una ilustración de integración y servicio no diferente a los propósitos de independencia en Venezuela y Sur América. Integración a la provisión coordinada de agua potable para la ciudad y servicio con la percepción de igualdad para cada ciudadano. El agua puede entonces considerarse como una metáfora de libertad. Claro está que no existe la igualdad total, excepto en términos dialécticos que no son parte de este relato. Todas las fuentes dependían de una cadena de acueductos y de conexiones entre sí mismas. Ninguna funcionaba de manera sola o independiente tanto como la libertad es total y equivalente. Libertad total sin límites o libertad equivalente con ciertos límites de razón y conducta. Las fuentes celebraban el triunfo del agua llegando a su destino y estaban definidas por muestras exhaustivas de arte como afirmación de su propósito. De esta manera, las fuentes expresaban narrativas de arte y mitología que expandían la apreciación ciudadana por la historia y la cultura del imperio formada a través de milenios. Cada gota de agua estaba ligada a todo lo que había sucedido antes y servía de tema vigorizante para el futuro. Desde fuentes potables más allá de la ciudad surgía esta agua de vida conducida por obras fantásticas de ingeniería y planificación. Conectando lo natural con lo humano y la necesidad de un líquido vivificante establecía esa matriz sobre la cual se construía una sociedad de interés común. Así se podía ver el flujo de ese producto deseado de libertad, hermandad e igualdad de la mente de revolucionarios históricos a la mente del Libertador y eventualmente a los pueblos de la Gran Colombia. Aunque Bolívar estaba versado en historia y mitología; junto con sus compañeros, Andrea podía poner todo en una perspectiva más persuasiva por ser una nativa capaz de extensas excursiones para hablar de historia, cultura y contexto.

Nacida en Roma, Andrea era alumna de Sapienza, la antigua Universidad de Roma fundada en 1303 por Bonifacio VIII en su afán de tener los estudios eclesiásticos bajo mejor control que las universidades de Bologna y Padua. Claro que en esa época toda área de estudio estaba ligada a normas eclesiásticas. Eventualmente, la universidad dejó de existir bajo el control del papado para convertirse en la Universidad de la Ciudad de Roma. Allí era que Andrea estudiaba Historia y Política con un interés naciente y creciente sobre la lucha en Venezuela y la Nueva Granada. Caminar con este grupo de venezolanos aumentaba en Andrea el deseo de conocer y tal vez palpar el sentimiento libertador de un ámbito exótico y lejano como era Venezuela. Aunque no es mencionado en la correspondencia o en los escritos de don Simón Rodríguez, es muy posible que este grupo de venezolanos, como todos los turistas que llegan a Roma, realizó una gira de la ciudad para admirar las ruinas y percatarse de lo nuevo. Así visitarían la Fuente de Trevi, la Escalinata de España que sube a la Iglesia de la Trinidad del Monte, el Campidoglio que corona la Colina Capitolina, La Plaza del Pueblo (en realidad Plaza de los Álamos), La Plaza Navona con sus tres fuentes, la Fuente de los Cuatro Ríos, la Fuente de Tritón, y una innumerable muestra de fuentes y plazas por toda el área urbana. Mezclados en estas plazas y fuentes estaban contextualizados los monumentos de antigüedad y la historia del lugar. Imposible ver los unos sin los otros. Roma está intrínsecamente ligada a sus plazas y fuentes y reta al visitante a abrazar todos estos núcleos por donde fluye el agua y el pueblo en un ritmo constante de vida y energía no muy diferente al concepto de unidad dinámica en la naturaleza que Humboldt describió en sus conferencias en París a las que Bolívar había asistido. Cada acueducto terminaba en una fuente y servía un área de la ciudad.

Esta dinámica no podía pasar desapercibida por la mente inquieta y visionaria del joven venezolano.

Para Andrea, esta labor de guiar y mostrar su ciudad enardecía su pensamiento tal vez en manera directa al de Bolívar. Claro que no había necesidad de educar a Bolívar acerca del pensamiento de los romanos clásicos, pero exponerlo al contexto, así fuese varios siglos después, serviría mucho para afirmar la fe y la decisión de una manera universal más allá de un simple esfuerzo por liberar un país. Liberación conlleva un sinnúmero de consecuencias más allá de un impulso juvenil en un atardecer romántico en un monte clásico. La brega es indeterminada y las consecuencias imprevisibles, como Bolívar lo experimentó en carne propia desde Angostura hasta Santa Marta. El tamaño y envergadura de la misión jurada sobre el Aventino no se conocería por varios años más a través de muchas frustraciones y decepciones. No era solo un asunto de una vida o un momento, así como Roma no había sido una ciudad construida en un día. Cicerón, como todos los líderes romanos de la antigüedad, puede dar testimonio de esto en la frustración de sus buenas intenciones republicanas ante la dictadura de Julio César tratando de prevenir la decadencia y caída de Roma. La labor entonces y en el tiempo de Bolívar era ardua. La misma Colina Aventina puede testificar de esto junto con las otras seis colinas. Venezuela y la Gran Colombia sería una lucha de siglos más allá del alcance de Bolívar, pero bastaba tener la valentía de una primera visión y un primer paso. Andrea sabía esto académicamente y Bolívar lo sufría en cuerpo y alma desde entonces. De

ambas maneras, el andamiaje del futuro estaba ciertamente apoyado por un sistema hidráulico centenario.
Cada fuente afirmaba el juramento.

XIV
Eloise
La mucama invisible

Hay gente invisible que hace labores fundamentales bastante visibles. En su tránsito por París y luego por la Gran Colombia no se puede afirmar que Bolívar durmió siempre en una hamaca, aunque por énfasis folclóricos se quiere hacer creer en esto para agrandar a alguien que ya es muy grande. Dormir en una hamaca parece darle al Libertador un matiz más popular y humilde, pero es obvio que Bolívar durmió en muchas camas entre Caracas y Lima. No es fácil compartir una hamaca con un amante o tener una noche restauradora de esa manera. La hamaca está más cerca de ser un sudario que un colchón blando y cómodo. Por eso existen mujeres como Eloise que se mueven casi sigilosamente por las alcobas cambiando sábanas, cobijas, fundas y toallas para retornar las camas a una apariencia limpia y virginal que ofrezca una buena bienvenida al huésped cada noche. Ellas cogen lo sucio, lo lavan, lo aplanchan y lo restituyen silenciosamente y hasta ponen un chocolate o un pandero en la almohada.

Con sus varios achaques, Bolívar infligía mucho abuso en sus sábanas y cobijas. Noches delirantes con fiebre y sudor, toses sangrientas, incontinencia intestinal, erupciones vomitivas y otro sinnúmero de problemas de salud. A través de la vida pública y privada de Bolívar estaban esas mujeres sencillas e invisibles que atendían con abnegación a esa necesidad personal de sábanas y fundas frescas para ratos de descanso o ardor. No existe registro de materiales, pero es posible adivinar que las fundas y sábanas eran de algodón tal vez tejido en Egipto o en Bélgica o lino de Francia o seda de China, India y los mares del Oriente; mientras que las cobijas eran mantas de lana tejidas en Perú, Grecia u otro país con una industria ovina desarrollada al nivel de telares. También se puede pensar que eran hilanderas locales las que proveían sus productos para bienestar del Libertador tanto en Europa como en el Caribe, Venezuela, Nueva Granada y Perú. No tanto por ser un personaje importante sino por un asunto básico de hospitalidad. No existe un registro consolidado de provisiones en la línea de hospedaje y lavandería, solo se deduce algo por medios anecdóticos que pueden ser refrendados por extensiones de lógica. Se asume que algo se hizo y no resultaron problemas de ninguna índole. Estas cosas se asumen y no se anotan.

El sueño de la libertad surcó sin contratiempos o malestares por esos mares de tela cuidadosamente lavada y planchada sin condena. Amantes rodaron por esos mares sin peligro de naufragio y el Libertador tuvo su placer y su descanso en ese oleaje. Eloise se personificó tal vez cien veces o más a través de otras en esa función tan básica de armar una alcoba que parece no merecer mención. Se mencionan aquí como evidencia del alcance y profundidad de la sombra de don Simón. Esa sombra tan larga y profunda como todas las montañas en los Andes. Tal vez Bolívar, envuelto en lino, algodón o seda, se perfila por encima de los Andes, como un jinete esculpido en ese potro de cumbres nevadas galopando hacia la eternidad. Un verdadero delirio sobre todos los chimborazos del universo. Muchas Eloisas marchan entre las crines de ese potro regocijándose en una labor y una cama bien hecha.

XV
Pierre
El vendedor de libros viejos

En París al borde del Sena se pueden encontrar los estantes verdes de revendedores de libros usados o *bouquinistes*, los cuales tienen diez metros de largo y casi un metro de ancho sobre el andén para que cada uno muestre sus mercancías. Libros usados y fuera de circulación o impresión, estampillas para filatelistas, revistas y periódicos viejos, cartas viejas de personajes famosos, autógrafos, panfletos de la Revolución, estampas y tarjetas, grabados artísticos, mapas viejos. Es una resaca de la historia que invita examen y consideración. Los estantes se situaban en ambos lados del río desde el puente Marie al muelle del Louvre por la derecha y del muelle de Tournelle al muelle Voltaire por la izquierda. Por un tiempo, antes de la llegada de Bolívar a París, no se permitía la venta de libros al aire libre por razones de censura y quejas de las librerías sobre competencia. Hoy en día hay doscientos *bouquinistes* que tienen una colección de trescientos mil libros. Hay una gran variedad de especialistas y toma bastante tiempo explorar este mercado en detalle. En sus viajes a París, es bastante posible que Bolívar frecuentase este recurso en su incipiente fase que complementaba sus intereses intelectuales más allá de las bibliotecas y los museos o el conocimiento anecdótico de algunas personas.

Entre los revendedores estaba Pierre Lachaise, en el banco izquierdo, que se especializaba en libros, revistas, afiches y panfletos de la época de la Revolución ofreciendo hasta ejemplares procedentes de las bibliotecas de Marat, Danton, Robespierre y otras figuras. Pierre era un adolescente de meros dieciocho años en 1789 cuando estalló la Revolución y se las ingenió para acumular de cualquier manera una colección de todo lo que podía obtenerse de ese diluvio de material impreso que arrasó a París en esos tiempos no tan alejados de la primera visita de Bolívar en 1804. Gran parte de su colección fue adquirida eventualmente por museos y bibliotecas, pero todavía le quedaba una cantidad significativa que con mucho placer y plática ofrecía a su clientela. No había nadie tan versado sobre la Revolución como Pierre. Detenerse a ver los libros en su muestrario era caer en una trampa de miel sin poder escapar hasta no haber agotado a Pierre y su batería de relatos históricos. Tal vez Bolívar pudo hojear libros que pasaron por las manos de los revolucionarios o leer las versiones originales de edictos y manifiestos. Por estar situados inmediatamente al centro de la ciudad, los estantes son muy accesibles y representan un recurso único. En otros estantes era posible hojear la obra de Rousseau en copias originales de *Emile, El contrato social y Discurso sobre el origen de la desigualdad* que habían alimentado el hambre intelectual de los revolucionarios como Robespierre y Marat. También era posible hojear originales de *Candide, Tratado sobre la tolerancia y La ingenua* de Voltaire además tal vez de copias de *Pensamientos y Cartas provinciales* de Pascal. Con el paso del tiempo estas obras adquirirían un valor mítico por encima de sus retos intelectuales. Los *bouquinistes* establecían un panteón literario e histórico al alcance inmediato de la población. Solamente oler el viejo papel y la tinta antigua suscitaba un escape mental a otra época que apretaba el corazón y la mente. Indudablemente, Bolívar no fue extraño a estas experiencias que alimentaron su participación en los salones y conferencias.

Como muchos protagonistas anónimos, Pierre no figura en las historias oficiales de ningún país, pero su presencia durante y luego de la Revolución es inescapable. Ciertamente, el hombre permanece en su contexto muy por debajo de la sombra de don Simón y de la que le fabrican otros hombres. No hay manera de escapar.

Ludius Sextus

Sabes, María Eugenia, que el abuelo nos dejó anoche. Yo fui a visitarlo con la premonición de urgencia. Hablamos más de lo de costumbre, con gran entusiasmo por una cosecha enorme de uvas ahora que las viñas estaban llegando a su edad más productiva y que finalmente Luis había aprendido la mejor técnica de podar y fertilizar. Él habló también a largo sobre el cuidado de la abuela, la casa y los terrenos. Tenía instrucciones muy exactas acerca de qué hacer en todos los casos y quién sería llamado a hacerlo. Me entregó su caja de condecoraciones como se entrega un corazón todavía latiendo. Allí estaba contenida una época de su vida que yo en realidad no podía comprender totalmente. La abuela lo vistió con su traje blanco de lino y una corbata tan azul como sus ojos sobre una camisa blanca bien almidonada como él lo prefería. El párroco vino con dos monaguillos para hacer las oraciones de rigor y emprendimos la marcha al cementerio luego del mediodía tratando de evitar esa lluvia del atardecer que siempre cae por estos meses. Luis, vestido de blanco con el sombrero del abuelo y su bordón con esa cabeza de plata, marchaba adelante con sus primos, seguido por una banda de seis músicos que finalmente decidieron tocar una marcha popular en lugar de algo complicado de Mozart pues solo tenían tres cornetas, una tuba y dos tambores pequeños. Parece que los otros músicos tenían empleos en Zarzal y no podían venir en este día a mitad de semana. Luis eventualmente se quitó los zapatos pues nunca los había usado y le talaban los dedos y el talón. Detrás de ellos venía el párroco vestido con su sotana y sobrepelliz además de un birrete llevando un libro del evangelio en sus manos como un escudo de fe protegiendo su pecho. Los monaguillos llevaban el incensario y el aspersorio con el aspergilio vestidos con sus sotanillas rojas y sobrepellices blancos. Enseguida venía el ataúd de madera sencilla, cubierto de flores, en una carroza tirada por un percherón blanco adornado por una corona de flores. La abuela venía tomada de mi brazo izquierdo llevando una corona de rosas blancas. Enseguida estaban los hijos y los primos y varios dignatarios además de esa gente común y corriente que hablaba con el abuelo a menudo. Varios veteranos de esa guerra pasada lucieron sus uniformes. Era un desfile impresionante si el abuelo hubiese podido verlo. La ceremonia en el cementerio duró mucho tiempo por razón de los discursos y una larguísima oración por el párroco que pareció mencionar todos los regalos del abuelo a la iglesia desde el incensario y aspersorio, hasta vitrales y manteles para el altar, además de cirios de cera de abeja y una pila bautismal. Cada elemento estaba dedicado a un santo que era necesario invocar con creces y aleluyas. Imaginaba yo entonces al abuelo llegando a las puertas celestiales con un recibo largo y bien detallado como un manifiesto de empaque constatando su fidelidad. Así dejamos al abuelo cubierto de flores en el lugar que él había escogido mucho tiempo atrás con un ángel de mármol en la cabecera alzando una canasta repleta de uvas y viñas.

Casi al regresar a la casa se abrieron los cielos y cayó una tormenta como hacía tiempo no caía. Dijo la abuela que eran meramente las lágrimas de las montañas por la ausencia de un amante. El abuelo solía caminar y pescar por esas regiones. Descubrimos luego que él había comprado varios miles de hectáreas de esa cordillera para dedicarlas a un parque natural que nunca debería llevar su nombre. Los ojos azules que no veían detrás de las cataratas estaban enfocados más allá de lo inmediato.

Me quedé en Roldanillo por varias semanas, ayudando a la abuela a ordenar el cuarto del abuelo que desde niño fascinaba mi imaginación con ese olor a agua de lavanda y cigarros con los estantes repletos de curios y libros encuadernados en cuero. Todo fue examinado y puesto en su lugar. Con su lema de toda cosa en su lugar y un lugar para cada cosa la abuela irrumpió en el cuarto del abuelo como una tormenta ordenadora. Al final no cabía duda de que un emético poderoso había pasado por ahí dejándolo todo en un orden casi celestial. Me llevé varios libros y unas estampas a mi cuarto ahora que mis sobrinas tienen sus ojos fijos sobre esa colección literaria de mi juventud. En la sala, la abuela ha puesto una foto enmarcada del abuelo arriba de tu foto en ese marco de vidrio que traje de Venecia, al lado del lienzo del Libertador. La pared parece contener bien a todos. El sol los baña indirectamente cada mañana en su jornada entre los patios.

Luis se viste ahora con el sombrero del abuelo y se sienta en el viñedo dando órdenes a sus primos que lo tratan como un cacique. Claro que son todos quimbayas de baja estatura, pelo negro lacio y una sonrisa eterna en la cara. Han agregado sus rostros a los cucuruchos que el abuelo usaba para empaquetar las uvas. Como la cosecha es bastante grande este año, él ha empleado a otros miembros de su tribu y el viñedo parece haber sido invadido por una tropilla de enanos como las meninas de un lienzo de Velázquez moviéndose rápidamente entre las hileras de viñas. No sé cuánto durará esto, pero por ahora todo parece andar perfectamente como un reloj suizo. Ah, mi abuela me dio el reloj de bolsillo de mi abuelo, pero como no uso chaleco lo llevo en un bolsillo del pantalón con la cadena atada a una de las hebillas. Suena suave como un corazón y da las horas como el Big Ben. Tiene una inscripción dentro de la cubierta que tal vez tuvo más significado con el abuelo: *"Natura inest in mentibus nostris insatiabilis quaedam cupiditas veri vivendi"*. – Cícero. Que significa: *"La naturaleza ha plantado en nuestras mentes un deseo insaciable por ver la verdad"*. –Cicerón. A su manera y sin mucho alarde eso era lo que él hacía y de lo que hablaba en cada oportunidad. La biblioteca reflejaba ese otro dicho de Cicerón que *"un cuarto sin libros es como un cuerpo sin alma"*. Allí se encontraba también su volumen de *De officiis* (*Los servicios*) bastante bien ojeado con notas marginales acerca de vivir, conducirse y observar que le deleitaba comentar y leer a menudo. Parecía que Cicerón había tomado una buena tajada de su vida y pensamiento. Se podría decir que a través de casi veinte siglos desde el valle del Tíber hasta el del Cauca el abuelo había establecido una amistad íntima con ese romano tal vez no muy lejano a pesar de todo. Cada vez que el abuelo abría el reloj leía esa inscripción y tomaba un momento para pensar a su manera tan deliberada. Para él, como para Cicerón, la vida necesitaba ser un ejercicio de virtudes. Desde pequeño me enfatizaba ese *Summun bonum* de Santo Tomás de Aquino sobre lo Bello, lo Verdadero, lo Bueno como temas que no eran negociables y debían ser practicados al nivel de virtudes junto con toda esa lista de Aristóteles articulada luego como frutos del espíritu hacia el final de la carta de San Pablo a los Gálatas. No fue hasta la secundaria que pude comprender estas normas que para entonces estaban íntimamente ligadas a mi persona y carácter. No digo que he vivido constantemente o concienzudamente con o por ellas, pero han estado en mi mente listas para actuar en cualquier momento como una especie de resguardo moral. Fiel a su manera de actuar y vivir, el abuelo sostenía que no existían mejores pensadores moralistas que Cicerón, Aquino y tal vez Buenaventura. Argüía que todo se derivaba de ellos y siempre estaba listo a probarlo con extensa oratoria en una voz muy calmada, casi profesoral.

Resulta, Maria Eugenia, que una de mis sobrinas se apoderó finalmente de mis libros y encontró en la página trece de *A la sombra de las muchachas en flor* de Proust ese poema que te escribí para tus quince años y que tú dejaste sobre la mesa del comedor. Lo arrebaté antes de que alguien lo leyera y lo metí en esa página donde siempre marcó mis libros. Página trece con mi firma fluye por toda mi biblioteca marcando libros como ganado. Lo hago para no perderlos y poder encontrarlos. Es de cierta manera un acto de propiedad como los gatos que marcan sus límites. Por el fruto de generosidad, me gusta darlos o prestarlos, pero no me complace que sean hurtados o sacados sin mi permiso. Son, a pesar de todo, algo de mí como pedazos de mi alma. Me dio miedo entonces de revelar mis sentimientos como ahora me causa pena saber lo que sentía. En ese día estabas como siempre vestida de organza, con un sombrero de paja que llevaba esa cinta rosada que flotaba detrás de ti como la cola de una cometa. Flotabas en el aire con una sonrisa solar y ojos repletos de vida. Al verte esa mañana fui a mi cuarto y te escribí ese soneto que copié en caligrafía itálica en papel de pergamino. Le hice un sobre con ese papel japonés de morera que traje de París y lo puse debajo de tu plato. Sé que te sorprendió por tu expresión, pero no me dijiste nada. Pensé entonces que estabas ofendida cuando pasaste la tarde con ese joven que te seguía con esa mirada de trance. Tú coqueteabas, pero no me hablabas y moviste mi plato al otro extremo de la mesa para sorpresa de la abuela y mi madre. No pude verte por meses. El día que te fuiste, regresé rápidamente a Roldanillo con un alma tan pesada que me dolía la columna de cargarla. El árbol que derribaste seguía tendido sobre la vía con la huella de las llantas escapando del asfalto hacia la hierba y el fondo de la zanja. Te fuiste antes de saber que te ibas. El impacto duró segundos, pero fue lo suficientemente fuerte como para llevarte. No he podido verte, pero quiero recordarte como eras en esa foto en el marco de vidrio. Has vivido en mi mente y en mi corazón por mucho tiempo. Tal vez demasiado. La abuela te hizo una túnica de organza trenzada con cintas de seda como a ti te gustaban. Te había dicho que el carro necesitaba frenos, pero eras indolente y pensabas en ser también invencible. Ahora sos eterna. En realidad no tenías necesidad de ir a Zarzal por unos zapatos. Tienes tantos que no caben en tu cuarto y has invadido parte del mío como un ejército bárbaro de cuero con tacones. Tropiezo con ellos cada rato que salgo y entro hacia mi escritorio. Imagino caminar sobre una pieza repleta de cuyes (conejillos de Indias) escurriéndose por todas partes. Quisiera que te ufanases de otras cosas que has hecho en lugar de tu colección de zapatos. Dicen que las alpargatas se te aflojaron en la pierna y trataste de arreglarlas mientras manejabas en lugar de parar por un momento. Alguien dice que estabas arreglando los pantaloncitos que se te trepaban por la nalga. En los alambres tendidos en el patio de atrás para secar la ropa se podían ver esas hileras de pantaloncitos como banderas budistas en Nepal enviando oraciones de seda y encaje a dioses mudos o ciegos en ese cielo azul-ceruloso de las cordilleras. Ellos también tenían cintas de seda como a ti te gustaba. Ya no importa. Te has ido y los zapatos quedan junto con los pantaloncitos de tu obsesión en unas cajas para llevarlos al mercado de pulgas en Zarzal. Otras como tú las tomarán con delicia.

Recuerdo cuando me visitaste en Nueva York y pasaste el tiempo en la Quinta Avenida comprando zapatos y pantaloncitos en lugar de ir conmigo al Museo de Arte Moderno o al de Historia Natural. Ni siquiera tenías tiempo para caminar en el Parque Central o bajar al Barrio Chino. Tu tiempo estaba absorbido en las tiendas. No te recrimino esto, pero ese tiempo no se puede remplazar ahora que no estás. Recuerdo cuando vestías esos pantalones de lino blanco casi transparente que mostraba el contorno de tus pantaloncitos o esas falditas a medio muslo que volaban con el viento y tu caminar indolente. Tentaste a todo el mundo cubierta por tu sonrisa y tu energía. Recuerda que tuve que pagar exceso de equipaje por tus dos maletas repletas de zapatos con cada par cuidadosamente contenido en su cajita, como estás ahora. Nada te cubre ahora excepto estas flores y unas lágrimas en mis ojos. El abuelo se ufanaba de que eras ingeniera forestal y manejarías el desarrollo de esas hectáreas que él había comprado en la cordillera, pero nunca tuviste el vestuario necesario para subir a las montañas. Necesitabas estar vestida de acuerdo con la moda que nunca se asentaba a permanecer por un rato.

Mira, Maria Eugenia, me han pedido que hable mañana en el entierro. No sé que decir. Será mejor leer ese soneto que te escribí por tus quince años. Nunca envejeciste para mí. Todos saben que tú y yo estábamos luchando con un destino evidente por asunto de orgullo o miedo. Eso ya no importa. Marcharemos detrás de la carroza y te dejaremos con una lápida de granito rojo en tu cabecera proclamando que fuiste y existes aún en nuestras mentes y corazones. Esa será tu huella en estas latitudes en las que tú coqueteaste con solvencia y orgullo. Quisiera clavar unas cañas de bambú alrededor de tu sepultura y colgar en ellas esos pantaloncitos por si acaso se convierten en oraciones que una diosa budista pueda escuchar y entender. Pueda ser que los valles de Katmandú fluyan hasta este valle del Cauca para visitarte con su cuota de monjes vestidos de naranja tanto como ese valle del Tíber se acercaba al abuelo a través de Cicerón envuelto en togas, mármol y filosofía. El mundo es en realidad redondo y no importa donde estemos, caminaremos siempre por la misma superficie. Nuestros dedos siempre tocan a vecinos ocultos.

XVI
Yusef
El embalsamador de cangrejos

De un barco mercante en Callao desembarcó un hombre de Egipto que deseaba aprender los ritos incas de embalsamar y sepultar en ollas de barro. Traía consigo un conocimiento de los ritos faraónicos y estimaba que los de Perú no eran iguales pero tal vez similares. De Callao marchó a Cuzco y de allí a Cajamarca, Machu Picchu y la selva Amazónica siendo recibido por muchos sacerdotes y curanderos durante diez años.

Saliendo de la selva por uno de esos senderos incas ocultos llegó a Túquerres, donde conoció a Simeón que acababa de entregar alfombras al ejército libertador. Formando una rápida amistad decidió seguir a Simeón hasta su hogar en Urabá para estudiar las ciencias funerarias de los emberas y los kunas antes de emprender un viaje de regreso desde Cartagena a Europa.

Así llegó a la ensenada de Utría en esa tierra entre las dos tribus que desciende de la serranía del Baudó. Un punto rocoso estrecho donde la selva llega hasta el Pacífico sin beneficio de una transición a playas arenosas.

Nadando en la ensenada, Yusef pudo encontrar arrecifes coralinos repletos de vida. Esponjas, caracolas, almejas y cangrejos saltando en el fondo al lado de peces y rayas. Algunas ballenas llegaban del sur entre junio y noviembre para parir sus cachorros y jugar en las aguas saltando como grandes monstruos cetáceos cubiertos de algas y percebes como testimonio de una larga vida en plena mar. Este punto en la ensenada era en realidad como un dedo índice metido al mar para determinar la temperatura. Un paraíso tropical en una esquina del Mar del Sur hecha a su medida que le hizo olvidar sus planes. Nada como esto existía en su memoria y estuvo bastante embrujado por el ambiente bajo el ruido incesante de monos aulladores y guacamayas. Tal vez esto le pasó también a Balboa y por eso perdió su cabeza. Yusef conservó la suya, pero la transformó con una nueva dimensión.

Eventualmente y con mucho esfuerzo, Yusef pudo obtener más conocimiento embalsamador y salió de la ensenada para cruzar la serranía, marchando hasta el río Atrato, donde fabricó una piragua de guadua y subió por el río hasta los pantanos del golfo de Urabá. Caminó luego por la costa y llegó finalmente a Cartagena. Los kunas del Darién le dieron comida y abrigo a lo largo del Atrato en su jornada a Urabá, admirando a este hombre de estatura pequeña como ellos que hablaba entusiasmado del más allá y de las ballenas cubiertas con su manto de percebes y almejas.

Ya en Cartagena, no tardó en encontrar dos funerarias que lo emplearon como embalsamador con mucho trabajo por una epidemia de cólera que azotaba la ciudad. Era una epidemia de corta duración que presagiaba una más grande varios años después. Las condiciones sanitarias nunca habían sido buenas en las ciudades del litoral. Los pozos de agua dulce eran poco profundos en tierra arenosa y se contaminaban fácilmente, complicados por los efectos gástricos de carne de pescado y mariscos mal cocidos o pobremente conservados bajo el calor del litoral.

Fue así que sus servicios fueron llamados a Santa Marta debido a una epidemia similar al tiempo de la muerte de Bolívar. No se sabe si Yusef trató el cuerpo del Libertador pero es cierto que él estaba en el vecindario y es muy posible que debido a sus conocimientos hubiese sido llamado a embalsamarlo de la mejor manera antes del entierro en la catedral y el subsecuente traslado a Caracas. Ese cuerpo en San Pedro Alejandrino no era solo una masa de carne y hueso derrotada por la tisis sino un símbolo o una expresión divina que pertenecía más allá de este mundo a unas esferas tan altas como las faraónicas en la herencia de Yusef. Bolívar merecía el trato especial de un verdadero profesional que conectaba los cenotafios del Nilo y las ollas incas para darle al Libertador el abrazo final de ese amplio mundo por donde había cabalgado su imaginación de libertad, igualdad y fraternidad. Yusef se podía ver como una versión de Anubis guiando el cuerpo embalsamado de un faraón hasta el recinto de los dioses. La herencia del mundo se encargaba de tratar bien a sus héroes y Yusef cargaba parte de esa herencia en su arte funeral. Cada cuerpo era un vehículo dirigido hacia la eternidad y necesitaba un tratamiento sideral adecuado. Se trata nada más que de la construcción de un cometa.

Ludius Septimus

Maria Eugenia de mi alma, estaba leyendo cartas y tarjetas de pésame en mi estudio cuando entró mi sobrina en su bata de baño para pedirme que le escribiese un poema como el que hice para ti. Le dije que eso era asunto de sentimiento muy particular y no se pueden repetir las emociones tan mecánicamente. No es tan fácil amar y sentir pasión. Pero ella no cesó de armar un argumento muy cerca de un berrinche. Por fin le dije que sería mejor si dibujara su retrato con tiza sepia en papel Kraft, o sea papel de empaque o cartón como lo hacía Degas. Hace rato que no dibujo pero ella aceptó e insistió que fuese un desnudo como los de Modigliani que había visto en ese libro de historia del arte que tengo en la mesa de trabajo al centro del cuarto. Le dije que solo Modigliani puede ser Modigliani como yo soy solo yo. Decidí entonces hacerlo con crayones o tizas de aceite para capturar mejor los colores. No quise hacer un lienzo al óleo por asunto de no tener espacio, caballete o materiales. Así resultó ese cuadro de medio metro por un metro que cuelga en su cuarto debidamente enmarcado dando evidencia de una habilidad que no me ha dejado y de un cuerpo bastante idealizado que la satisface. No se trata tanto de contenido como de ilusión. Somos lo que queremos ver en lugar de lo que en realidad se ve. Todos participamos en un baile de máscaras donde todo es vanidad, como afirma Salomón en *Eclesiastés*. En mi edad temprana pensaba ser pintor y obtuve un diploma del Instituto de Arte pero no tenía ese fuego consumidor necesario para consagrarme a pesar de ganar premios y recibir alabanzas. Tener talento no implica el tener que usarlo. Sé que puedo hacerlo pero no lo hago. Mis cuadernos de notas testifican de esta habilidad con dibujos de lugares y paisajes que he visitado, pero nunca he producido lienzos de gran tamaño o participado en exhibiciones. Mi talento plástico es cosa muy privada que guardo con gran recelo. Hay un salón de esperas y unos corredores en la facultad que tienen mis dibujos, pero estos eran nada más que ejercicios sobre teoría de color y perspectiva que algún día serían borrados por un conserje o un decano con otras ideas. El placer estuvo en hacerlos en lugar de mantenerlos o protegerlos. Es suficiente saber hacer y dejarlo hecho. Estos dibujos que resultaron del calor de la enseñanza son como ocasos que muestran la emoción de la tarde y nada más. El toro bravo muere simplemente al final de la faena sin olvidar la jornada a pesar de la estocada. El arte fluye así de manos y ojos que no olvidan a pesar de la artritis, la ceguera y el dolor.

En junio murió la abuela como una llama azotada por el viento en un enorme pebetero. Se fue al mediodía sentada en su cuarto mirando al viñedo con la chaqueta del uniforme del abuelo tendida sobre su cuello como un abrazo. Se fue suavemente, sin alardes o enfermedades. La casa se llenó de silencio y el horno se apagó. Era un día sábado de mercado y la banda para el desfile del sepelio estaba completa. Tocaron ese *Coro de los esclavos hebreos,* el *Va pensiero* de la ópera *Nabucco* de Verdi. No sé por qué, aunque me agradó bastante, nada de su vida o experiencia parece relatarse al tema de la canción excepto la música y la añoranza por un país que ya no es. Marché solo detrás de la carroza; con Luis, como siempre, marchando al frente con el sombrero del abuelo y el bordón. El párroco y los monaguillos hicieron lo de siempre. Me seguían tíos y sobrinas además de una gran multitud enmarcada por un destacamento de los Caballeros de Colón con esos sombreros como plumeros que me hacen pensar en una opereta de Gilbert y Sullivan. El alcalde pronunció un gran elogio por esta "raíz" de la comunidad. El párroco casi repitió a la letra el elogio del abuelo. Varias vendedoras del mercado hablaron de su liderazgo y compasión. El personero elogió su labor en determinar finalmente el orden cuadricular de la plaza que había beneficiado a todos. El consejo municipal nombró la plaza en su nombre con un obelisco que sería construido en el futuro. Todo era muy abrumador y pensé entonces que la abuela se habría marchado en medio de todo ya que estas cosas le causaban mucha vergüenza. *"Las cosas son como las cosas son y no deben ser más de lo que son"* era otro de sus dichos favoritos. La dejamos al lado del abuelo, cubierta con una montaña de flores al pie de ese ángel con la canasta de uvas. Durante el regreso a la casa nos envolvió una tormenta bastante furiosa con truenos y relámpagos que nos hizo recordar sus palabras sobre eso de ser el llanto de las montañas por la ausencia de su amante. Tal vez era esta vez, por la ausencia de la amada, un llanto más

intenso y ruidoso. El mugido doloroso del mundo dejado incompleto.

XVII
Patrick O'Malley
El caballero mágico

La Legión Irlandesa de casi dos mil hombres que llegó a Venezuela en 1819 para participar en la Guerra por la Independencia tenía un gran motivo central que era monetario en lugar de voluntario. Eran en su mayoría veteranos de las Guerras Napoleónicas en el continente buscando más aventuras y remuneración.

Entre ellos estaba Patrick O'Malley de Castlebar en el condado de Mayo. Claro que la tradición en Irlanda era de enviar a sus hijos a pelear en guerras extranjeras en consideración de las pocas oportunidades en la isla y el hecho de que no eran muy bienvenidos en Inglaterra. Patrick era de mediana estatura, con pelo color de cobre y tez rosada manchada por el sol. En Puerto Cabello el corazón y la mente de Patrick se estremecieron con la humedad, la temperatura y el verdor, de manera similar a la experiencia de Humboldt veinte años antes. El trópico asalta los sentidos con violencia en lugar de seducir con placer. La exuberancia tropical era más de lo que Patrick esperaba y le tomó un buen rato para ajustarse. Claro que el ajuste se encontraba parcialmente en una botella de *whisky* y el sueño sudoroso en una hamaca con su uniforme de lana. Sin saber exactamente dónde estaba, había colgado su hamaca entre dos columnas de lo que parecía ser un edificio de almacenamiento en la plaza mayor, como lo hicieron también varios miembros de su destacamento.

Hacia el mediodía fue despertado por una gran algarabía. Resulta que el edificio almacenaba equipos y suministros para caballerizas y otros usos agropecuarios. También operaba como estación de transporte, recibiendo y enviando encomiendas y pasajeros a lugares como Caracas y San Fernando de Apure. El ruido venía de clientes comprando heno y melaza para sus caballos que tiraban los coches en la ciudad aumentado por pasajeros llegando y saliendo. Sin hablar español, la algarabía prácticamente sonaba como la raíz árabe de la palabra *al'arabíyya,* que significa algo difícil de leer o palabras pronunciadas muy mal, rápidamente y difíciles de entender o descifrar.

Su destacamento estaba empezando a formarse en el centro de la plaza ante la mirada curiosa de la multitud. Patrick recogió su hamaca, puso todo en su mochila, arregló su uniforme arrugado por la actividad de la noche y recogiendo su rifle corrió a incorporarse a las filas. Por boca de su sargento pudo darse cuenta de que el edificio de almacenamiento sería transformado en un cuartel una vez el destacamento pudiese limpiarlo y arreglarlo. Así, Patrick y una veintena de tropas fueron asignados a la tarea de adaptación con la urgencia de hacerlo tan rápido como fuese posible mientras el resto de la tropa los miraba con ansiedad en medio de otras labores como arreglar una cocina, equipar la carpa del Estado Mayor, erigir carpas temporales para las tropas y procurar comestibles en el mercado y el área inmediata.

Estaba también el asunto de cuidar los caballos y conseguir otros para completar el equipo de la caballería. El edificio de almacenamiento era no más que un galpón de cuatro paredes que medía 20 x 30 metros con varias columnas gruesas de madera sosteniendo un sistema sencillo de armaduras que creaba un espacio sin muchos impedimentos. Las columnas estaban cada cinco metros en cuadrícula, lo cual era ideal para colgar hamacas y así evitar construir literas. El techo era de hojalata y se podían cortar varios huecos para ventilación e iluminación teniendo cuidado de protegerse de la lluvia.

Para el anochecer, Patrick y su cuadrilla habían terminado la labor de limpieza y el galpón estaba listo para las tropas. Unos decidieron permanecer en toldas y otros encontraron el galpón como una bendición. Con las puertas abiertas y el cielorraso bien alto, el aire fresco corría por todas partes en la semi-oscuridad del galpón. Patrick solicitó entonces una asignación al manejo de los caballos. Su experiencia en Irlanda trabajando en la caballeriza de un barón lo capacitaba para cuidar y comprar caballos. Parte de esa experiencia era como herrador y de cierta manera como veterinario *ad hoc* atendiendo a infecciones de toda índole en el cuerpo equino. Así que tratando de entrar en negociaciones con los llaneros que vendían potros en el mercado de animales al borde del pueblo se vio precisado a buscar un intérprete. Por suerte o diseño encontró a Taddeo, un italiano que había residido en el área ya por diez años ofreciendo servicios de transporte y transbordo con trenes de caballos y mulas. Con él estaba Emeterio, un arriero criollo de Medellín en la Nueva Granada que hacía una jornada mensual desde Medellín y Bogotá hasta Puerto Cabello o aún hasta San Fernando de Apure. Los tres se entendieron perfectamente bien a través de los idiomas, gestos y símbolos empezando a formar una buena relación provechosa para todos. Taddeo tenía una forja equipada para hacer herraduras y otros objetos de ferretería. Con Patrick como herrador podía ofrecer un servicio más amplio con alguien que conocía la morfología del caballo y el tratamiento apropiado para cada pata. Patrick, ayudado por Emeterio, logró comprar treinta buenos potros que necesitaban un examen físico y nuevas herraduras antes de ser entregados a la guarnición.

Tomando el delantal de cuero en la herrería junto con la raspa, el martillo, las tenazas y herraduras preparadas por Taddeo en la forja, Patrick se dio a la tarea de herrar los potros y examinar sus dientes y músculos para determinar edad y condición. Luego de un trabajo de casi tres días, Patrick presentó los potros al sargento procurador con los certificados respectivos y una factura. Esta era una primera gestión para el joven irlandés que no podía ocultar su regocijo. Por los próximos dos meses Patrick se dedicó a comprar y preparar caballos mientras aprendía no solo la lengua sino también el carácter de la gente a su alrededor. Incrementalmente, los llaneros se ganaron la confianza de este joven irlandés que parecía hablar con sus potros y sanarles las pezuñas con herraduras a la medida y tratamientos para quebraduras y malas raspaduras en los cascos que agobiaban la mayoría del fondo equino en los llanos. Galopando sobre áreas inundadas, cruzando ríos infestados de peligro, rozando los cascos sobre diversos arbustos y superficies, trotando en suelos diversos y a veces rocosos ponían grandes medidas de presión en la salud de los caballos con las consecuentes quebraduras en las pezuñas e infecciones en la planta de los cascos. Por mera energía los caballos continuaban su labor, aunque eventualmente sufrían quebrantos musculares que interrumpían sus servicios. El medio ambiente de los llanos no era muy generoso para hombres y caballos. Entre lluvias y sequía había un clima húmedo repleto de insectos y animales batallando a hombres y caballos por dominio y alimento.

En medio de todo llegó por fin el momento de marchar para acción guerrera y Patrick fue designado como el herrador del regimiento en las líneas de la retaguardia. Por esto convenció a Taddeo y Emeterio de marchar con él hacia la Nueva Granada en busca de esa aventura por la cual había cruzado el océano con tanta expectativa. Este sería el primer paso de miles más que Patrick no vislumbraba todavía. La forja no era difícil de transportar y las herramientas cabían en varias cajas que las mulas de Emeterio podían cargar. Siendo informado de la intención de cruzar los Andes por el páramo de Pisba, Patrick preparó herraduras con puntillas que prevenían resbalones y las instaló en varios caballos sin poder hacerlo en toda la caballada por falta de tiempo y materiales. Hasta esos momentos Bolívar montaba cualquier caballo o mula que se pudiese conseguir. Muchos se extenuaban en la marcha necesitando reemplazos inmediatos.

Durante la Batalla del Pantano de Vargas, Bolívar recibió un potro gris regalado por una admiradora llamada Casilda en Boyacá. El potro le fue prometido cinco años antes cuando su bestia le falló en su jornada a Tunja para reportar acerca de sus fracasos en Venezuela. Casilda había soñado con el potro como un regalo a Bolívar para ayudarlo en su gesta de liberación. Con una cola larga y blanca ondeando sobre la piel gris clara casi tocando el suelo, el potro fue llamado Palomo y acompañó a Bolívar a lo largo de todas las campañas, excepto en Carabobo, donde montó a Guajiro, que pereció en la batalla. El cuerpo sin vida de Guajiro sirvió de protección a varios soldados que al esconderse detrás de él sobrevivieron la batalla. Patrick y el equipo de caballerizas indudablemente cuidaban de Palomo con un esmero especial. El cuidado era importante dado que Bolívar estaba habituado a permanecer en la silla por largos periodos con el consecuente cansancio de la bestia. Por algo lo llamaban "culo de acero". Patrick sabía masajear a los caballos para promover relajación y recuperación. Era tal vez difícil de entender que los equinos a pesar de su fortaleza física podían sufrir fatiga, incluso cuando no estaban en alta actividad. Palomo sobrevivió al Libertador por diez años y terminó muerto debido al maltrato en lugar de avanzada edad luego de la muerte del Libertador. En una época en que los caballos eran abundantes se podía concebir que no había un sentimiento grande acerca del tratamiento ético de animales a pesar de los lemas revolucionarios sobre derechos humanos. En una sociedad extremadamente jerárquica y bastante egoísta, la oratoria sobre igualdad, fraternidad y libertad no se extendía a bestias y mucho menos a esclavos. Los caballos y los humildes de color más oscuro servían para facilitar una liberación que parecía beneficiar más a los estratos blancos o pardos. Esa era la estructura social prevalente y ni Bolívar o Patrick o Palomo podían hacer algo diferente. Las cosas son como las cosas son y no pueden ser de otra manera. Las circunstancias parecen cambiar, pero la gente y la cultura permanecen constantes aunque vestidas de manera diferente.

Después de Ayacucho, Patrick, Taddeo y Emeterio se quedaron por un tiempo en Lima ejerciendo sus habilidades con gran demanda de servicio. Eventualmente se trasladaron a Chile y cruzaron los Andes a Mendoza en Argentina donde consiguieron formar un hato dedicado a la crianza y cuidado de caballos. La distancia de Puerto Cabello a Mendoza es casi el doble de la jornada de Patrick desde Irlanda hasta Venezuela. Los deseos e ideales de su juventud encontraron complemento en las pampas y en los llanos de un continente una vez extraño y exótico pero finalmente familiar y cómodo. Nadie en el condado de Mayo esperaba esto.

Ludius Octavus

Mirenchu amada:

Luego de la muerte de la abuela no tenía fuerzas para nada. Cantidades de gente pasaban por la casa a toda hora buscando extraer recuerdos o llenar un espacio en sus vidas con un abrazo. Empecé a caminar por las montañas como lo hacía el abuelo. Recogía flores silvestres para un herbario y encontraba plumas de pájaros que yo pegaba en mi cuaderno de dibujo junto con mis notas y otros esbozos. El aire del campo es reconfortante pero las pendientes son dolorosas en muslos y tobillos de bajada tanto como de subida. Josefina, la mujer de Luis, me frotaba después de mis caminatas con una pomada de árnica que me daba mucho alivio. Poco a poco siento menos el cansancio y mi panza desaparece. Parezco estar en un proceso intenso de reformación corporal. Tengo que comprar nuevos pantalones y hacer tomar la cintura en los que tengo. Uso los tirantes negros de mi abuelo. Iré al sastre una vez regrese a Cali. Caminando en París y Roma nunca noté pendientes pero estaba más joven y en mejor condición. Pensaba entonces que el mundo era plano. Mi sobrina me ha retado a caminar en el Camino de Santiago desde Francia en vez de solo desde Pamplona. Voy a investigar el asunto pues toma más de dos meses y necesito ver la manera de estar en contacto durante la caminata.

Siempre existe el miedo de desconectarse. Hay que estar presente por si acaso. Es algo así como el temor de no tener una lámpara por la oscuridad.

Al cabo de unas semanas decidí bajar ese lienzo de Bolívar de la pared para limpiarlo y examinarlo de cerca. Era inmenso pero no pesaba tanto. Encontré una inscripción en tinta café oscuro por detrás con letras romanas bien ejecutadas: NO ME OLVIDES. YO NUNCA TE OLVIDARÉ A PESAR DE PASAR A LAS SOMBRAS - RECUERDA MI DÍA 7/24 - JOSÉ ANTONIO. Inmediatamente pensé: *¿Quién es este José Antonio? ¿Quién puede hacer esa inscripción en letra tan exquisita?* En una esquina el lienzo tenía una firma que decía solamente JA que yo imaginaba era un pintor cuyo nombre no importaba. Busqué la respuesta en el cuarto de la abuela y encontré una cajita con fotos y unas cartas atadas con una cinta. Las fotos mostraban un joven con la abuela en varios lugares sin notas en el reverso. Las cartas eran cortas notas de amor dedicando momentos y relatando sueños. Al fondo de la caja había una dirección en un lugar llamado Agua de Dios en Cundinamarca. De una manera imperceptible había penetrado en un secreto que tal vez no era de mi competencia. Tal vez era mejor dejarlo todo como estaba sin investigar más. ¿Qué se podría ganar con más investigación? ¿Qué nivel de satisfacción se podría obtener? Como la curiosidad mata al gato, decidí entrar en profundidad en este nuevo laberinto recién encontrado arriesgando bigotes y cola. Las cartas no daban el apellido del hombre en las fotos y varios cuadernos de notas que había dejado la abuela no contenían más que recetas y fechas de nacimientos, bautizos, matrimonios y defunciones. La hoja de vida de mi familia se encontraba en esas páginas, pero no se hacía mención del hombre en las fotos que se parecía bastante al abuelo pero no era el abuelo. Por ser en blanco y negro las fotos ya estaban desvaneciéndose. La gelatina de plata usada para revelar películas se evapora o se oxida atmosféricamente con el tiempo dependiendo del proceso empleado y la manera de guardar las fotos. Muchas estaban en tono sepia que dura más.

Fue entonces cuando decidí ir a Agua de Dios y satisfacer mi curiosidad. Descubrí que no era fácil llegar hasta allá debido a las características del terreno y la red de caminos. Se podía ir hasta Ibagué al otro lado de la Cordillera Central y de allí al Espinal y Girardot en el valle del Magdalena para luego tomar una carretera hasta el pequeño valle donde está Agua de Dios. También se podía salir al sureste desde Bogotá por la vía a Tocaima y de allí a Agua de Dios en un viaje de tres horas sobre ciento veinte kilómetros hecho lento por la cordillera y las pendientes. Decidí viajar hasta Bogotá por tener más familiaridad con la ruta. Salí de Bogotá temprano en la mañana para llegar a mi destino antes del mediodía. Llegué casi puntualmente al Puente del Olvido o Puente de Los Suspiros sobre el río Bogotá, el cual marca la entrada a lo que propiamente se llama Lazareto de Agua de Dios. Es el lugar donde los enfermos se despedían de sus familiares para no verlos jamás. Una vez en el Lazareto los pacientes entregaban sus documentos de identidad y recibían un nuevo apellido y tarjeta de identidad. Nadie podía salir una vez registrado. Por ley, todo enfermo de lepra en el país debía ingresar al Lazareto. Había una cerca de alambre de púas y cuarenta guardias por todo el entorno para prevenir escapes. En realidad, Agua de Dios era un campo de concentración con el subsecuente abuso de personas. No fue hasta mediados del siglo XX que se descubrió que la lepra no era contagiosa y se devolvieron las garantías sociales y derechos políticos a los enfermos de lepra.

Llegando al hospital empecé mi tarea de identificar a José Antonio, lo cual se hacía difícil por ese asunto de la anonimidad forzada, pero pude ver en una pared un mural con ese mismo Bolívar de mi abuela. Era en forma de un tríptico con Bolívar a caballo en el medio rodeado a su izquierda por llaneros agrupados en tropel con lanzas en posición vertical y por la derecha un océano con sirenas. Unas volando con coronas de laurel y otras sobre las olas cubiertas con sargazos. Era un tríptico en el estilo de Paolo Uccello y su *Batalla de San Romano*, excepto por las sirenas. Los extremos del mural no tenían más que el trazado con lápiz sepia de la composición. Una banda azul de quince centímetros corría a lo largo del cielorraso dando el nombre completo de Bolívar en letras romanas muy perfectas: SIMÓN JOSÉ ANTONIO DE LA SANTÍSIMA TRINIDAD BOLÍVAR Y PALACIOS PONTE Y BLANCO: 24 de julio, 1783 – 17 de diciembre, 1930. Todo parecía incompleto, excepto que en mi mente se empezaban a hacer conexiones entre el nombre y la fecha. José Antonio y 24 de julio denotaban una similitud con ese lienzo de mi abuela, además de los detalles que afirmaban una sola fuente de autor.

Con bastante esfuerzo y persuasión pude conseguir datos sobre el pintor del mural para descubrir que había llegado al Lazareto como un hombre de veinticuatro años dedicando su tiempo a pintar y cultivar hortalizas en su jardín. Perdiendo eventualmente la sensación en sus dedos y la habilidad de ver claramente, dejó de pintar y se pasaba el tiempo sentado en una silla en el zaguán de la alcaldía, como esperando un visitante que nunca llegó. Desafortunadamente había muerto unos meses antes. Su tumba tenía en la cabecera un ángel de mármol con una canasta de uvas y viñas. Descubrí que pasó en el mismo sábado que la abuela y que había caído una gran tormenta esa tarde. Así, había encontrado una historia de amor interrumpida por enfermedad, pero continuada por la fidelidad de una ofrenda floral en el día del natalicio. La devoción de mi abuela no era tanto para Bolívar sino para José Antonio.

Antes de salir, el alcalde me dio una maleta grande que tenía colores y pinceles más tres cuadernos de dibujo repletos de bocetos y notas sobre el paisaje en Agua de Dios. Contenía también cuatro cajas de cigarros con cartas atadas con cintas. A primera instancia reconocí la letra de mi abuelo en dos manojos y la de mi abuela en los otros dos manojos. No entendí cómo llegaron esas cartas a un lugar excluido y vigilado. El alcalde me dijo que siempre existió manera de comunicarse por medio de los guardias que podían llevar cartas al correo o recuperar envíos en Tocaima o Girardot. José Antonio era muy estimado en el Lazareto y había hecho retratos de mucha gente, lo cuales se exhibían orgullosamente en las casas. Pensaban hacer una retrospectiva una vez pudiesen establecer contacto con todas las personas e imprimir un catálogo serio, como se hacía en las galerías de arte en Bogotá. Las cajas de cigarros tal vez habían sido regalos de un tiempo atrás.

Regresé a Roldanillo pensando que todo el misterio había sido resuelto. Sin embargo, el detalle del ángel me perturbaba. Era el mismo que mi abuelo había escogido para su tumba. Pude encontrar entre los diarios del abuelo una referencia de casi cuarenta años a un escultor italiano en Tuluá. Me sorprendió encontrarlo todavía trabajando en su taller. Me contó entonces la historia de esculpir dos ángeles para dos hermanos. Uno era zurdo y su ángel cargaba la canasta sobre el hombro izquierdo. El otro, con la canasta sobre el hombro derecho, tuvo que ser enviado a un lugar en Cundinamarca a donde el otro hermano se había reubicado. El sol pareció brillar muy fuerte en mi mente en esos momentos. Todo aparecía claro de repente. Un hermano enamorado abiertamente mientras el otro ocultaba su afecto. Una mujer entre dos amores. Un hermano se enferma y tiene que irse mientras el otro se queda. La mujer escoge. Todos viven felices hasta el fin de la vida que no es el fin del romance. La vida no tiene punto final porque no es una oración dependiente con un solo verbo intransitivo. Las opciones son tan vastas en la vida como en la gramática.

XVIII
Martina
La hilandera de sargazos

En el Atlántico entre las corrientes del golfo, del norte, la canaria y la ecuatorial hay un mar sin bordes ni playas que roza con Bermuda y las Azores. Es una *volta do mar* o torbellino del mar como lo describían los portugueses. Un área de algas marinas o sargazos cruzada por casi todos los barcos que conectan entre Europa, el Caribe y Sur América. Dicen que en medio de las algas viven familias de sirenas en un mundo tal vez imaginado por Platón como ese continente mítico de Atlántida relatado en sus diálogos *Timeo* y *Critas*. Nadie puede decir con certeza que Platón no estaba equivocado. Tampoco hay pruebas conclusivas de que las sirenas no existen más allá de la literatura o los mitos. Las descripciones de Homero en *La Odisea* son secundadas por historias como la de Tesalónica, hermana de Alejandro Magno transformada en sirena después de su muerte preguntando a los marineros si el rey Alejandro estaba vivo para lo cual estaba la respuesta prescrita: *"él vive, reina y conquista el mundo"* que garantizaba aguas calmas. Cualquier otra respuesta la enajenaba y le hacía causar tormentas y naufragios. Existen también los relatos de sirenas cerca de la isla de Man que ofrecen generosos regalos a quienes las ayudan o socorren. Hasta Colón nota ver tres formas femeninas cerca de la costa de la Española en 1493 y piratas como Barba Negra cuentan haber visto sirenas en las aguas del Caribe. En su *Historia natural,* Plinio el Viejo habla de "nereidas" que son en realidad sirenas. De todas maneras, es posible que las sirenas existan y solo puedan ser vistas por quienes tengan el carácter deseado y la imaginación necesaria para percibirlas.

Así existe Martina, que nadaba al lado de los barcos que cruzaban de los puertos venezolanos hacia el norte y Europa. Con piel del color de caracola y una cola resplandeciente como de color verdigris, Martina vislumbró a Bolívar observando el mar desde el puente en la popa del barco que lo llevaba a Europa en su primer viaje. Desde entonces intentó nadar siempre al lado de cualquier barco que lo llevase, convencida de que era necesario darle protección y tal vez por otros motivos de índole femenina. Entre las sirenas y las criaturas del mar se comunicaban acerca de barcos, direcciones y pasajeros. Con otras sirenas Martina bordaba mantas de sargazo que durante el día flotaban alrededor de los barcos para sorpresa de los marineros que no sabían que esas mantas eran ofrendas de amor en lugar de estorbos para la navegación. Al contrario de las sirenas de Ulises en *La Odisea,* ni Martina ni sus compañeras cantaban para atraer a los barcos cerca de las rocas o los acantilados. Cantaban solo para dar voz al viento y promover la calma de marineros y pasajeros. Sus voces son capturadas en caracolas, en las hojas de palmeras y en los laberintos de manglares. Bolívar nunca mencionó ver a las sirenas, aunque para su manera de ver eran tal vez delfines de poca importancia comparados con los graves problemas que agobiaban su mente. Sin embargo, y a pesar de todo, las sirenas danzaban en la estela de los barcos y al lado de esas proas con mascarones tan artísticamente esculpidos para retar las olas y los vientos. Las sirenas celebraban esas tallas en madera pensando que representaban una manera de demostrar una fe en ellas. En varios puertos se pueden encontrar imágenes de sirenas talladas en piedra o madera como recuerdos y homenajes de marineros. ¿Por qué se representa tanto algo que no existe?

Además de Martina, están sus hermanas Calipso y Aicayia, que usualmente nadan juntas. Las tres siempre nadaron a lo largo de los barcos que llevaban al Libertador tanto en alta mar como en el río Magdalena en su jornada desde Honda hasta Santa Marta. Junto con las sirenas con cola de pez hay sirenas con alas de mariposa y sin cola de pez que viven a lo largo de ríos y lagos haciendo sus refugios en bosques de castaño, chiminango o roble en las riberas. Estas se confunden a menudo con hadas o ninfas en la literatura común. En la jornada a Santa Marta, el barco de Bolívar estaba rodeado de sirenas nadando a su lado y otras volando por la ribera. Con la muerte del Libertador hubo mucho llanto entre las sirenas cuyas lágrimas se vuelven perlas azules y rosadas que eventualmente llegan a las playas. Cuando los restos de Bolívar fueron trasladados de Santa Marta a La Guaira, más de un centenar de sirenas se alineó a lo largo de la ruta del velero pagando homenaje al hombre de sus amores y admiración. Se ha dicho que muchas sirenas adoptan figura humana para ir de La Guaira al Panteón Nacional y rendir sus respetos al Libertador. Algunos han encontrados perlitas rosadas sobre el piso al lado del catafalco.

En tiempos de tormenta, las sirenas encuentran refugio en muchas de las caletas y grutas que hay en las islas además de los manglares. También se esconden entre los sargazos. Para mostrar su belleza y afirmar su existencia, varios pintores han capturado en sus lienzos y acuarelas las imágenes de sirenas que posaron para ellos a través de sus imaginaciones. Entre otros se puede mencionar a William Waterhouse, Arthur Rackham, Frederic Leighton, Howard Pyle y Elizabeth Jerichau-Baumann, cuyas imágenes traducen ese aspecto humano y místico de estas criaturas que así logran acceso más inmediato a nuestro entendimiento e imaginación. La memoria de Bolívar existe tanto en tierra como en mar y muy posiblemente en varias otras esferas. Fuera de Alejandro el Magno es difícil encontrar otro héroe con un tratamiento similar. Martina y sus hermanas hacen esto posible por todo el tiempo de sus vidas eternas siempre juveniles y expectantes.

XIX
Arcesio
El mandadero de los
dioses

Resulta que en una época de comunicación personal hay una serie de mensajes bastante intranscendentes que necesitan ser llevados prontamente. Existen entonces mensajeros que están listos a llevarlos en la localidad o a lugares cercanos. Ese es el papel de chicos mandaderos preadolescentes usualmente trabajando de una base en las cocinas o en los patios. Corriendo a tiendas o al mercado para recoger provisiones de última hora o llevar artículos de diversa índole a reparadores, lavanderías, farmacias, comedores, amas de casa, comercios y otros lugares. Son estos los chicos que corriendo por las calles pasan desapercibidos y cumplen una tarea muy crítica en el diálogo diario de la ciudad. Parecen ser encarnaciones criollas de Mercurio, el mensajero de los dioses griegos.

Así, estaba Arcesio de diez años, hijo de una cocinera en el Palacio de San Carlos con su conocimiento extenso de los pasadizos, puertas traseras, caños y toda esa geografía sin mapa que existía dentro y por debajo de Bogotá. Fue Arcesio el chiquillo enviado por

Manuelita Sáenz que encontró a Bolívar por la maña-
nita después de ese atentado del 25 de septiembre de
1828 para informarle de la captura de los culpables.
Claro que no todos los mandaderos hacían actos heroi-
cos. Para Arcesio, como para muchos, bastaba poder
obtener dos aguacates maduros en el mercado antes del
almuerzo o traer esa camisa que se estaba aplanchando
en una lavandería.

Luego de ese día en septiembre, Arcesio estuvo
al servicio del Libertador bajo la dirección de José Palacios y Manuelita en la finca en las faldas de Monserrate para procurar un sinnúmero de recursos y mensajes a lugares y personas allegadas a la causa bolivi-
riana. A pie o en su burra, Arcesio conectaba y cumplía
con amplitud de buenos resultados las encomiendas o
mensajes encargados a él.

Durante el año siguiente y a insistencia de Manuelita, Arcesio continuó al servicio del Libertador en
su viaje a Ecuador durante 1829 y eventual regreso a
Bogotá en enero de 1830. Su ayuda fue especialmente
necesaria durante el ataque de bilis que Bolívar sufrió
en Guayaquil durante el mes de agosto y la subsecuente
convalecencia en la isla Santay en el río Guayas. Allí
Bolívar escribió la mayoría del Tratado de Guayaquil
que sellaba la paz entre Colombia y Perú. Arcesio sirvió para conectar a Bolívar sobre ese kilómetro corto
que separa la isla del litoral. Sin que nadie lo conociera
o supiera, él podía circular desapercibido llevando bo-
rradores del Tratado a otras personas mientras Bolívar
y su hígado se recuperaban tal vez sin la presencia formal de un Estado Mayor y edecanes.

Después del regreso a Bogotá en enero, Arcesio dejó de ver y servir a Bolívar en mayo de 1830, cuando el Libertador salía para Santa Marta. Luego de la muerte de Bolívar su sombra se tragó a Arcesio como a otros protagonistas temporales pero vitales en su vida. No que Arcesio hubiese desaparecido, sino que no era más necesario. Su papel estaba cumplido. Todos los mensajes habían sido entregados.

XX
María Isabel
La cantadora del ensueño

Durante su permanencia en Ecuador y Perú en la Campaña del Sur le faltaba al ejército un punto de recreación para mejorar la moral en esas montañas y valles que exudaban melancolía bajo el dominio de nubarrones y vientos fríos. Los soldados cantaban en los campamentos y jugaban una gran variedad de juegos de naipes y dados además de las demostraciones de poder físico de costumbre como lucha y forcejeo de brazos. En uno de los salones de Guayaquil cantaba María Isabel con una voz especial, muy gustada por la sociedad pública. Sus canciones replicaban el aire de los Andes con un énfasis quechua por historias de amor, abandonamiento, reconciliación y resurrección. Se acompañaba con una guitarra y el taconeo de sus botas. María Isabel no era inca pero lo parecía, con su estatura pequeña, su piel un poco oscura, nariz aquilina, pelo trenzado con cintas y una túnica azul oscuro con motivos indígenas. Usaba como sombrero uno de esos bombines o tongos de pajilla populares entre las mujeres nativas. Demostraba una gran energía en su presentación, la cual invitaba participación del público y resultaba en veladas muy entretenidas.

Un miembro del Estado Mayor llevó a Bolívar a uno de sus conciertos y el Libertador se quedó muy prendado de la voz y las canciones tanto como de la energía. Como consecuencia la invitó a cantar para las tropas. Esta no era una invitación natural o normal dado que ninguna mujer había cantado antes para las tropas y las devotas en la catedral muy seguramente levantarían objeciones y probablemente maldiciones sobre este gesto que en su manera de pensar cruzaba límites culturales y religiosos. Eran los días después de la victoria en Pichincha. Las tropas se alinearon frente al mar y por espacio de dos horas escucharon esa voz encantadora con extrema atención casi extasiados. Más que una presentación era una serenata. Como si una sirena hubiese salido de las olas para encantarlos y seducirlos. Durante su estadía en Guayaquil y antes de marchar hacia Perú, la presencia de la cantante en funciones sociales del Libertador se hizo muy frecuente. Con todos los problemas de la guerra en el sur y del gobierno en la Nueva Granada y Venezuela este esparcimiento reconfortaba al Libertador y tal vez lo tentaba con ese misterio que María Isabel cultivaba sobre su persona.

Unos meses más tarde, luego de las victorias en Junín y Ayacucho, María Isabel apareció en Lima bajo la guía de un empresario que pretendía llevarla eventualmente a España para cantar en tonadillas y zarzuelas que empezaban a resurgir. A petición del Libertador, María Isabel cantó en varias funciones sociales para deleite de la sociedad y del Libertador aún intrigado por esta pequeña mujer de la voz hermosa y penetrante. Al cabo de unos meses, el empresario se la llevó a España donde María Isabel actuó y cantó en el Teatro del Príncipe haciendo también giras regionales por muchos años. La idea de ofrecer conciertos a las tropas se abandonó ante la emergencia de escaramuzas regionales y políticas luego de la muerte del Libertador. La Nueva Granada explotaba como una granada con miles de semillas regadas por todas partes. El asunto de unidad regional soñado por el Libertador daba paso a intereses personales y políticos. Había llegado la hora de distribuir el botín y la expectativa de ganancia personal no se podía contener incluso si eso significaba eliminar personas y posiciones. Los vicios de la aristocracia Realista no habían tardado en contagiar a una emergente aristocracia Patriota. María Isabel cantaba en el continente esos sentimientos de tristeza y desalojo que continúan siendo populares hasta hoy en día por alguna razón.

XXI
Rivaldo
El mensajero de guayabas

El olor y sabor de la guayaba es cautivador, especialmente el de esas frutas amarillas grandes de carne rosada. En Neiva en el valle amplio del río Magdalena se estableció un agricultor venido de Sao Paulo en Brasil con la idea de tener una granja de frutas bajo el beneficio de una reforma agraria propuesta por el Libertador desde el Congreso de Angostura y demorada por el asunto de la guerra. El brasileño sembró varias fanegadas con semillas de guayabos brasileños para formar un bosquecillo de cincuenta árboles como su primer esfuerzo. Pensaba que Neiva, por su posición estratégica sobre el Magdalena, podría facilitar un buen acceso a la costa norte y conexiones a varias ciudades sobre las cordilleras, incluso a Bogotá. Este sería un buen lugar para localizar una granja bien organizada que podría surtir la región con productos frutales de naturaleza superior a los del mercado corriente.

En unos años sus guayabos empezaron a producir una gran cantidad de fruta por encima de sus expectativas. Buscando apoyo, le envió una caja a Bolívar en

Bogotá donde uno de sus edecanes calificó a las guayabas como inmensamente deliciosas y las compartió con un amigo de Moniquirá arriba de Villa de Leyva cerca de Velez. Rivaldo había leído los discursos de Bolívar sobre repartición de tierras y eliminación de latifundios con una reforma agraria y creía que su granja encalaba en esos planes de desarrollar una agricultura nacional. Las palabras de Bolívar palpitaban en su mente:

"Nosotros por mucho tiempo no podemos ser otra cosa que un pueblo agricultor, y un pueblo agricultor capaz de suministrar las materias primas más preciosas a los mercados de Europa".

El amigo del edecán en Velez se conectó con Rivaldo en Neiva y formaron una alianza para producir jalea o dulce de guayaba que sería distribuida al ejército como un refrigerio formado en cubitos envueltos en hojas de calatea o bejuco de plátano. La idea venía otra vez de las palabras del Libertador:

"Los ejércitos se componen de hombres de carne y hueso, que necesitan de todo, y, por consiguiente, con pasiones que se deben satisfacer".

Por conveniencia y proximidad, Rivaldo eventualmente trasplantó varios árboles a una granja cerca de Velez para diversificar la producción y estar cerca de gente que podía cocinar el dulce y cosechar las guayabas, ya que él se consideraba más como un patrón que un labriego. De allí nació una industria rodeada de bosques de guayabos y fanegadas de calatea cuyas hojas secas eran usadas para envolver los trozos de dulce en lugar de bejuco de plátano. El papel de Bolívar fue simplemente dejar que el mercado se hiciera cargo de formar una industria como parte de la liberación económica de la Gran Colombia una vez independizada políticamente de España. La reforma agraria en la mente del Libertador era un instrumento necesario para eliminar el sistema de esclavitud para beneficio de los campesinos y esclavos que pelearon en el ejército de liberación:

"La ley de repartición de bienes es para toda Colombia, y ahora, bien y mal, es para todos".

Claro que su visión no estaba compartida por todos y los leguleyos de su tiempo se inventaron fórmulas y artimañas para evadir y frustrar la repartición, ganando tierras a precios irrisorios con condiciones lejos del alcance de los campesinos. Generales y latifundistas se repartieron el país con argumentos y prevenciones legales bajo las leyes promulgadas por los latifundistas. Todo era muy legal en un país de leguleyos y leyes a la medida. Bolívar pudo suspender por un tiempo esa entrega frenética de bienes a los altos mandos militares y la naciente hegemonía de las viejas y nuevas clases altas, pero no pudo sobreponerse a las artimañas. La promesa de ciudadanos campesinos se frustró en Colombia tanto como en la tierra de Jefferson. Hay ideales que mueren al punto de nacer o antes. Su salud y las condiciones políticas en un país connubiado con sus peores instintos conspiraron contra la voluntad y visión del Libertador. Un sistema latifundista bastante bien blindado se instaló muy rápidamente en el país para privar a los campesinos del derecho a propiedad. Como las farsas medievales, la reforma agraria fue más que una ilusión cruel o un objeto de comedia. Gente como Rivaldo fueron afortunados en tener título de propiedad con una visión para su utilización, pero el gran número de los campesinos y esclavos terminaron estando no mejor después que antes de la independencia. Se habla de "guayabo" como el malestar que ocurre luego de una borrachera. El país ha venido sufriendo un "guayabo" continuo desde esos tiempos mientras todos se deleitan con esos trozos de jalea de guayaba que se producen en Velez y sus alrededores. La memoria de Bolívar huele tal vez a guayaba madura lista a consagrarse en jalea.

XXII
Silvio
El vendedor de espuma

Sucedía que en Santa Marta, de boca al mar y en el delta cienaguero del río Magdalena, el calor extremo y la humedad causaban desmayos entre las mujeres de la alta sociedad. No bastaban ni los abanicos o las limonadas para refrescar los cuerpos atrapados bajo esos vestidos de cuello alto con tantas camisolas y enaguas. No había agua suficiente para el baño diario a causa de los pocos pozos profundos existentes entonces y la contaminación con el aguasal. El agua del río tenía mucho lodo y arena requiriendo un filtraje extenso además de tener un sabor arenoso no muy agradable al paladar. Se hacía un esfuerzo de baño con el uso desmedido de agua de colonias (*eau de cologne*) que al poco tiempo se tornaban fétidas por el abuso. Encima estaba ese olor a resaca y hojarasca pudriéndose en las playas y el río. Ese olor a follaje podrido y excremento envuelto en la humedad inmovible que permeaba la ciudad durante los momentos de calma en el viento. En realidad, la ciudad no estaba situada en un lugar propicio para construir y vivir. Era solo un puerto natural en un delta ribereño que don Rodrigo de Bastidas había establecido en su afán de afirmar su gestión descubridora, evangelizadora y colonizadora. Más que una ciudad era un argumento para probar una aventura terca y una inversión ambiciosa.

Así, resulta que a pocos kilómetros de la ciudad, en las faldas de la Sierra Nevada, cerca del mar, en una pequeña choza vivía un tairona llamado Silvio con su granjita irrigada por un canal que descendía de la sierra trayendo agua pura y cristalina. Con mucho esmero y usando el legado mampostero de su cultura, Silvio construyó un embalse de un metro de profundidad por cinco de ancho y cinco de largo con paredes de piedra cortada que contenía más de veinticinco mil litros de agua suficientes para satisfacer la sed de cinco a diez mil personas sin agotar la capacidad del embalse. Hasta aquí llegaban sirvientes con tinajas y garrafones en carretillas o burras a recoger esa agua pura tan codiciada en la ciudad. Silvio no cobraba, excepto que pedía que solo se hicieran recolecciones dejando un día, cuando el embalse estaba lleno, y tampoco permitía nadar o lavar en él. Para Silvio esta agua era un regalo de los dioses arriba en la sierra, tal vez desde Teyuna, la ciudad perdida.

El 6 de diciembre, cuando Bolívar llegó a la quinta de San Pedro Alejandrino, Silvio llevó cuatro garrafones en sus dos burras cada día para refrescar al Libertador durante los once días de su permanencia. Sumergirse en una bañera de agua fresca calmaba la fiebre. Desde su participación en la Campaña de Venezuela, tanto Silvio como sus hermanos admiraban a ese hombre que ahora se tendía desnudo sobre una hamaca tratando de coger un sorbo de aire fresco sudando bajo una fiebre intensa en ese calor tropical de la región. Sus hermanos habían perecido en Carabobo y Pantano de Vargas, pero Silvio sobrevivió hasta Boyacá y regresó a su finca repleto de la esperanza de la Gran Colombia que Bolívar había implantado en él. En su estima, llevarle agua fresca era un tributo muy merecido. Además de proveer agua pura, Silvio había podido fabricar un aspersorio de hoyos muy finos que reducía el agua a algo como una espuma refrescante sin mojar totalmente el cuerpo. El uso de este *aspergillum,* o esparcidor refinado, requería cierto nivel de habilidad para crear un rocío fino. Era como una brisa suave que aliviaba el ahogo. Se podía rociar la cara y el cuello, pero un efecto más fuerte se obtenía sobre el cuerpo desnudo. Claro que esto no era muy del gusto para las damas de sociedad que preferían toallas húmedas en el cuello. Doña Beatriz Gomez de Liévano tuvo la osadía de cerrar sus ventanas con cortinas oscuras y extender una invitación muy privada a un grupo de amigas para desnudarse en su sala y gozar del efecto refrescante. Silvio fue obligado a usar una venda sobre sus ojos para rociar a esos cuerpos trembleques fuera de forma sedientos de frescura. Los resultados fueron extraordinarios y varios grupos secretos de nudistas se formaron para gozar de esa agua bastante atomizada que daba frescura. Muy pronto Silvio se movía por los salones de Santa Marta como un sultán (tal vez un eunuco por eso de la venda) refrescando un harén de mucha alcurnia. Los esposos encontraron a sus mujeres más descansadas y conyugales.

Como si esto no fuese suficiente, Silvio convenció a unos arhuacos para traer bloques de hielo y nieve de la sierra, envueltos en aserrín y heno, para distribuirlo entre una clientela especial en la ciudad que tenía casas con sótanos donde la temperatura permitía conservar la nieve y el hielo por más tiempo. Expandiendo las posibilidades, un italiano recién llegado logró mezclar nieve compactada con jugo de frutas para hacer un nuevo refresco (espuma de hielo) muy apetecido por grandes y chicos.

Silvio murió en 1839, casi nueve años después de Bolívar. El embalse se derrumbó por falta de mantenimiento y los taironas se negaron a traer más hielo y nieve de la sierra. Eventualmente se construyó un acueducto municipal y se inventaron refrigeradores industriales que permitieron distribuir bloques de hielo por todas partes y alguien inventó una raspa de metal para hacer el "raspao" o hielo raspado con sabores naturales o artificiales que se servía en conos de papel encerado. En Italia se llama "granita" y por eso era similar a lo que el italiano había hecho con la nieve de la sierra.

No hay monumentos o placas que celebren a Silvio. Bolívar murió y Santa Marta continuó impasible, hedionda y derretida sobre la arena. Sabemos bien que cada cual vive siempre al extremo de su vida sin esperanza de retribución otra que llegar a su destino. Desde lo alto Bolívar agradece a su benefactor y Silvio sonríe con esa carcajada que atomizaba el agua. Nadie sabe si Silvio no miraba por debajo de su venda tomando nota de toda esa masa de cuerpos que de otra manera vivían ocultos bajo enaguas y camisolas. De

cierta manera, unos treinta años más tarde Ingres con-
sagró la imagen que Silvio no pudo ver en su *Baño
Turco* (*Le Bain Turc*) que pintó en 1862 cuando tenía
ochenta y dos años. El contenido sensual de varias mujeres desnudas en una gran variedad de poses no causó
mucho revuelo porque el cuadro se mantuvo por mucho
tiempo en posesión particular. Fue solo cuando se ex-
puso cincuenta años más tarde en el Louvre en 1911
que se desató una controversia, pero para entonces la
escuela neoclásica y manierista ya había pasado de
moda bajo el dominio del emergente impresionismo.
Los salones de Santa Marta con su *aspergillum,* bajo la
mano diestra de Silvio, parecen haber sido a su manera
precursores del *Baño Turco* sin que nadie lo supiese o
le importara. Silvio no pudo verlo por el asunto de la
venda y su defunción preliminar.

Ludius Nonus

Maria Eugenia, corazón,

Una vez en Roldanillo pude contemplar todo con más calma y dedicarme a leer esos manojos de cartas por pura curiosidad. Los eventos de los últimos meses me obligaron a dejar mi estudio en Cali y establecerme en mi pueblo por un tiempo indefinido. Ninguno de mis hermanos consideraba quedarse allá por largo tiempo y mis sobrinas solo deseaban escarbar por la casa en busca de tesoros. Vivir en el campo o en una localidad rural con todas sus limitaciones parecía en principio una aventura imposible, pero con el tiempo uno se ajusta y establece un ritmo predecible y cómodo. El campo es un gran problema de cálculo que va reduciendo todo a lo mínimo más significante. La mujer de Luis bajó de la montaña y se instaló en la cocina para mantenernos alimentados. Ella no es de descendencia quimbaya sino mestiza, es bastante más alta que su esposo y tiene una disposición alegre y servicial. Me llamaba "patrón" en todo momento, lo que me causaba un poco de molestia al comienzo, pero llegó a agradarme luego de unas semanas. Me molestaba bastante ese cultivo de una jerarquía inflexible entre "patronos" y "sirvientes" heredada de la hegemonía social española. Dijo que me llamaba así por respeto al abuelo y su deferencia para mí que Luis le había contado. También sabía de mis éxitos aunque no podía leer fuera de lo más elemental. Se llamaba Josefina y se vestía con esas camisolas que venden en el mercado hechas con tela estampada de algodón y adornadas con toda clase de encajes y parches decorativos como para darles valor y vanidad. Siempre usaba un delantal con bolsillos al frente que me recordaban las bolsas de canguros. Nunca usaba zapatos pero llevaba una banda de tela elástica para recoger su pelo fuera de la frente. Me agradaba mucho que hacía pandebono cada mañana y de vez en cuando me sorprendía con torta de maduro, panderos o pasteles de guayaba. De alguna manera había aprendido las recetas de la abuela y se deleitaba en complacerme. Con ella en la casa, Luis trabajaba más concienzudamente actuando como el patrón del viñedo en la manera de su imaginación. Había equipado a sus primos con overoles verde oscuro para promover una imagen más "profesional" en vista del gran nombre y excelente producto del viñedo. Me dio uno a mí y yo me deleitaba en vestirlo a menudo para sentirme parte del entorno y porque era bastante cómodo. La vida rural me sentaba bien y viceversa.

Leyendo las cartas en los manojos que traje de Agua de Dios me pude dar cuenta del gran afecto vertido entre los tres. Eran cartas positivas con mucho cariño que hablaban de asuntos corrientes sin dramatismo o sentimentalidad. En los manojos que había encontrado antes en la cajita de la abuela pude leer lo que José Antonio decía acerca de su vida. No expresaba rencor o animadversión. Tenía una actitud humilde y positiva. No había cura aparente para su enfermedad y el Gobierno lo había exilado argumentando el bien y el temor común. Mostraba mucha gratitud por el enlace de los abuelos y vivía dedicado a su arte, las hortalizas y la lectura. El abuelo le mandaba obras para leer de vez en cuando. Aislado de la vida nacional, gastaba buen tiempo ayudando a otros enfermos y dando charlas sobre sus lecturas. Con esto inició un curso de alfabetización que fue muy bien recibido. En una ocasión el abuelo le mandó varios de esos puros que yo le regalé en un cumpleaños y José Antonio se deleitaba en fumar esos "Hoyo de Monterrey" en las aguas termales que se descubrieron en el Lazareto. En las últimas cartas había menciones de una posible reunión que no se pudo efectuar por asuntos de transporte y edad. Hacia el final de sus días las cartas fueron dictadas a causa de la pérdida de sensación en las manos. La soñada reunión era casi imposible ya que Roldanillo estaba alejado de las vías más cómodas y directas. Debido a la geografía del país llegar hasta Agua de Dios era como un viaje a la luna. Existían dos cordilleras de por medio y un sistema raquítico de transporte y hospedaje. Moverse de este a oeste o viceversa era complicado por decir algo. Colombia existía aislada en sus regiones separadas por cordilleras ignorando el resto. Cada cual contenida dentro de sí misma. Cada cual huyendo de sí misma. Sin embargo, existían lazos del corazón que transmontaban las distancias. Tal vez el humo de los cigarros podría entrelazarse sobre el pico de las montañas.

Ludius Decimus

Sentado en mi mesa de trabajo me vino la idea de remover la pared que me separaba del patio de atrás. Necesitaba un espacio más abierto influenciado por el creciente modernismo arquitectónico que veía en tantas revistas de arte. Con la ayuda de un albañil y un carpintero pudimos demoler la pared de ladrillo y remplazarla con dos ventanas a cada lado de una puerta deslizante de cuatro metros de ancho. A través del vidrio obtuve una vista excepcional del patio y el cacaotal con las montañas azuladas en la distancia. Toneladas de luz entraban ahora a mi estudio. Era exactamente como lo anticipé por varios años, cuando no tenía la energía o el coraje para discutirlo con la abuela y su firme creencia en lo tradicional. Por un lado, a mi derecha estaba la cocina y a mi izquierda un pequeño bosque de cuatro ciruelos con una base de helechos que otras abuelas antes de mi abuela habían plantado. Producían una buena cosecha anual de ciruelas que se usaban en conservas y tortas con muchas capturadas en una bandeja que yo guardaba sobre mi mesa de trabajo para deleite personal. Amo toda clase de frutas y siempre tengo una selección fresca cerca de mi alcance. En la esquina más lejana del patio, al lado de la cocina, estaba una cajilla para herramientas de cultivo al borde del lote de sandías.

El patio medía ocho metros por doce metros, pero siempre me había parecido más grande. Por sugerencia del albañil decidí visitar un lapidario en Zarzal que fabricaba baldosas de granito con la idea de pavimentar el patio y darle al piso más envergadura o sentido de diseño. Escogí un color rojizo claro salpicado de gris. Discutiendo diseño llegamos a la idea de construir una alberca rectangular para peces con el patio alrededor. La alberca, de cuatro metros por seis metros con un metro de profundidad, podría albergar seis o siete peces *koi,* que son una especie de carpa asiática bastante desarrollada en Japón que puedo obtener de la granja experimental en Palmira. Manet los pintaba en sus cuadros del Jardín de Giverny. Un plomero nos ayudó a instalar además de una conexión al servicio de agua, seis chorritos en la alberca que pulverizan agua a casi a un metro de altura. Dan un efecto especial similar a una danza al alterar los controles. Pienso poner varias esculturas de figuras danzantes una vez las pueda conseguir. Se plantaron grupitos de nenúfares y juncos en varias áreas de la alberca para darle una apariencia más natural y promover la comodidad de los peces con un poco de sombra. Hay que darles luz y sombra de acuerdo con el consejo del doctor Otawa, el director del programa de piscicultura de la Granja Experimental de Palmira. Me dio también varias bolsas de comida para alimentarlos junto con una fórmula para después. Finalmente, se me ocurrió iluminar el patio y la alberca colgando luces de los aleros del techo, ya que hacerlo en otro lugar sería costoso y complicado. Sentado en mi mesa de trabajo no podía estar más satisfecho con el resultado. Así se sentiría Louis XIV viendo las terrazas en Versalles desde su despacho en el palacio. Al menos así lo sueño a pesar de Calderón y su soliloquio en *La Vida es Sueño*. Instalé unas sillas con mesitas en una esquina del patio para sentarme a leer o descansar. Allí recibo a visitantes y tomo una siesta ocasional. La directora del programa de Arquitectura de la Universidad de Cali vino a visitarme y elogió mi sentido estético moderno y sobrio. Sin pensarlo mucho y satisfaciendo mis deseos sin un plan complicado de mejoras para la casa, me encuentro a la vanguardia del modernismo de acuerdo con una reseña que ella escribió luego de la visita. Esto me elevó en autoridad diseñadora cuando mis sobrinas se quejaron de que había quitado los alambres para secar ropa. Les dije que podían instalar nuevos alambres en un sistema con más diseño. Así se cubrió el patio con una red cuadricular de alambre de la cual se colgaron linternas chinas y un tropel de pantaloncitos. Esta democratización del patio no fue de mi agrado o del de mis tías, que consideraban el patio como tierra santa y habrían podido aceptar el pavimento sin la alberca y la red de alambre. Yo escuché todas las quejas y cambié nada. Al final de cuentas esta era mi casa por herencia y voluntad de la abuela. Ella no habría cambiado nada de lo propuesto por su nieto favorito.

Mis sobrinas han visto la prueba de la cubierta del libro que traje de Oxford y están convencidas de que ellas fueron la inspiración a pesar de mis objeciones. Una noche de luna llena las sorprendí desde la oscuridad de mi cuarto de trabajo bailando desnudas alrededor de la alberca. No dije nada pero tuve un cierto

placer en verlas actuar como ninfas griegas en este trópico tan alejado de esa mitología. No sabía entonces
que ellas se habían apoderado de uno de mis libros de
historia del arte y encontrado varias versiones de Las
Tres Gracias. Mis sobrinas no son mujeres esculturales
pero sí de buena forma, con un poco de esa gordura clá-
sica bien ilustrada por Ingres y Rafael. Sin tomar lecciones de danza se mueven con una cierta gracia,
inocencia y mucho entusiasmo. Trataré de prevenirlas
para que las tías no las sorprendan y se arme una batalla
moral sobre esta esquina de Colombia católica, apostó-
lica y quimbaya. La desnudez nunca me había preocupado por asunto de tanta lección de dibujo al desnudo
que tomé en el conservatorio. Mi gata, que ahora
duerme o perezosea al borde de la alberca fascinada por
los peces, se une a la danza como una cuarta Gracia
felina que no figura en ningún libro de arte. Negus es
una gata negra de cabeza a cola, con pelo corto lustroso
y ojos azules, rescatada por mi abuela del canal de
riego. Me cogió como un favorito por rascarle el cuello
y las orejas durante el desayuno y la cena. Por las noches se acuesta en mi cama a mis pies y ronronea a todo
volumen antes de despertarme a maullidos cerca de las
seis de la mañana. Es lo más aproximado que tengo a
una esposa o amante. Donde yo estoy ella está y adonde
yo voy ella va. Me interrumpe en mi lectura caminando
sobre mi espalda o el libro que leo. Derrama el agua
para mis acuarelas en señal de protesta por baja o poca
atención. Tiene horas de caza durante el día y trae su
cuota de titiribíes y azulejos que devora a gusto en las
baldosas del patio. A veces atrapa una paloma que
causa mucho ruido y aletazos pero Negus siempre

vence al fin. Antes sacrificaba sus víctimas en mi mesa de trabajo pero prefiero los sacrificios en las baldosas aunque mis sobrinas se sobrecogen al ver las plumas y la sangre. A pesar de todo es una gata y se conduce como tal con un poco de sentido imperial a falta de algo o alguien que la persiga. La he llamado Negus pensando en los reyes de Etiopía y el hecho que reina sobre un gran territorio alrededor de la casa y el vecindario. Tiene a varios perros amedrentados y parece que no hay gato lo suficientemente macho merecedor de su atención. Mi gata emperatriz felina del mundo. Concubina gatuna de mis afectos. Reina virgen felina de Roldanillo y la cordillera.

XXIII
Fabricio
El monje encantador

Nunca ha habido algo que hacer en Extremadura. Es de una de esas regiones que rechaza ser y espanta a sus hijos hacia otras latitudes, excepto aquellos que se internan en conventos por varias razones eremitas que están posiblemente ligadas al deseo de no ser o dejar de ser como un silogismo. El río Tajo atraviesa la soledad y se apresura a cruzar la frontera con Portugal antes de convertirse en algo suficiente, alimentando viñedos y huertas que fluyen hasta la costa Atlántica cerca de Lisboa. Así también varios embalses por toda la región pretenden atrapar aguas que quieren emigrar más allá de los bordes. Extremadura es un adiós continuo al oeste de España.

Fabricio de Jesús Molina Montañez salió de su choza materna en Almendralejo, un poco más cerca de Villafranca de los Barros, buscando su horizonte en el Sur, tal vez en Sevilla o Cádiz. Marchó por el mismo sendero que miles de otros extremeños habían trazado por varios siglos. Terminó llegando a Palos de la Frontera en Huelva, donde los monjes franciscanos le dieron acogida y luego de un internado de instrucción lo adoptaron como un fraile de la orden secular. En el convento, Fabricio pudo enterarse del papel definidor de los monjes en facilitar ese primer viaje de Colón al Nuevo Mundo. Estas narrativas llenaron su mente y motivaron su petición para viajar a Venezuela y examinar con sus propios ojos esa tierra de encanto. Al principio el abad trató de disuadirlo teniendo en consideración su juventud y falta de conocimiento además de faltarle fondos suficientes. Sin ser disuadido, Fabricio se dedicó a estudiar enfermería como algo que podría ser útil y bien recibido en muchas partes. Para continuar cultivando su interés, trató de aprender todo lo posible acerca de ese Nuevo Mundo y visitaba constantemente los galeones y carabelas que cruzaban el mar Atlántico regresando a los muelles de Huelva, Sanlúcar de Barrameda en la boca del Guadalquivir y Cádiz. Más que información, obtuvo educación y buenos contactos con capitanes de navío que empezaron a ver al fraile como alguien útil, interesante y placentero.

Fue así que se incorporó como marinero raso y enfermero a un galeón que salía de Cádiz hacia La Guaira. Por mera casualidad, uno de los pasajeros en el galeón era nativo de San Fernando de Apure y había ayudado a transportar a Humboldt y su expedición por los llanos del Orinoco. Fabricio y Jesús María entablaron una amistad inmediata pasando la travesía hablando de la tierra, la geografía, la flora y la incipiente justa libertadora. De Páez, Santander y Bolívar tanto como del Virreinato de Nueva Granada. Haciendo escala en Jamaica se enteraron del avance del ejército libertador hacia Bogotá a través del páramo de Pisba y victorias en el pantano de Vargas y el puente de Boyacá con el escape del virrey Juan José Francisco de Sámano y Uribarri por el río Magdalena hacia Cartagena y Panamá.

Colmados de ansiedad y expectativa desembarcaron en La Guaira buscando más noticias de los eventos de independencia. Decidieron entonces unirse como enfermeros a la primera brigada de infantería en la división del ejército comandada por el general Páez. Cuando al cabo de casi dos años se libró la Batalla de Carabobo tanto Fabricio como Jesús María estaban bien instalados en la enfermería con tiempo para cuidar a Nevado, el perro de Bolívar. Un enorme galgo que acompañaba al Libertador doquiera que el galopase durante la Campaña de Venezuela. Había sido un regalo de agradecimiento por el pueblo de Mucuchíes en Mérida al pie de los Andes venezolanos luego de la Batalla de Niquitao durante esa Campaña Admirable de 1813. Desafortunadamente Nevado fue herido en la Batalla de Carabobo y murió en los brazos del Libertador cuando la victoria era inminente. En un gesto de bondad muy apreciado por Bolívar, Páez y las tropas, el hermano Fabricio administró los ritos de difuntos al perro siendo enterrado en el campo de batalla. El número de cautivos y heridos de parte de las fuerzas Realistas era casi tres mil mientras que los Patriotas sufrieron solo doscientos muertos y un número similar de heridos. A pesar de esto, la enfermería Patriota estuvo colmada por varios días y dio apoyo también a los Realistas cuyos enfermeros habían perecido en gran número durante la batalla y el consiguiente esfuerzo por escapar hacia Puerto Cabello en busca de pasaje de regreso a

España o a cualquier parte en el mar Caribe lejos de esa chusma mal vestida que los había derrotado en Carabobo y Boyacá.

El fraile y su amigo siguieron la marcha del ejército libertador hasta Pichincha, Junín y Ayacucho, sirviendo a las necesidades de salud y de espíritu de las tropas. Cargaban su equipo en dos mulas y atendían a los enfermos convaleciendo de achaques y heridas pequeñas en la retaguardia. El obispo de Pasto, en su afán de apoyar la causa Realista, trató de publicar una interdicción para prohibir la ayuda de religiosos a la causa Patriota, pero fue opuesto muy fuertemente por varios abades de monasterios que no querían su autoridad disminuida por otros. A pesar de todo, el hermano Fabricio tenía cartas de autorización del abad en el monasterio de La Rábida para usar sus habilidades en favor de personas nativas, como lo era la mayor parte del ejército libertador. Era por todas luces un misionero de caridad respondiendo a un llamado fuera de Extremadura. Es bien claro que Bolívar no era un devoto y nunca tuvo una relación particular con el hermano Fabricio, pero se sabe que apreciaba su presencia y su servicio sin aspectos religiosos. Gente como él contribuyeron enormemente al triunfo de la independencia en la extensión de su fe.

Luego de Ayacucho, el hermano Fabricio se unió a la Casa Santa María de los Ángeles de la Porciúncula en Bogotá donde guio a Jesús María a tomar las órdenes seglares y dedicarse con él a la enseñanza de enfermería y cuidados geriátricos. El Nuevo Mundo lo había absorbido con gratitud mucho más allá de Almendralejo y el río Tajo.

Ludius Undecimus

Oye Mirenchu, escucha por favor:

Resulta que las tías se dieron cuenta de las danzas de las sobrinas por boca de Josefina que no comprendía estas cosas más allá de la desnudez y sus implicaciones pecamentales. Llegaron a la casa como una comitiva de furias, irrumpiendo en mi estudio demandando explicaciones y contriciones. Me tenían atortolado como una torcaza en la presencia de varios gatos. Mientras trataba de organizar mis pensamientos para montar una defensa llegó Josefina con panderos frescos y café que tuvo un efecto sedativo sobre el mitin y me dio tiempo para pensar mejor acerca de una respuesta y una solución adecuada para todos. Muy someramente les expliqué que la cubierta del libro era asunto del departamento gráfico de la imprenta y que la inspiración era una obra de un pintor italiano del siglo XVI que nunca había podido ver a sus sobrinas o hijas. Era una portada para mi libro de ensayos que representaba belleza, gracia e inspiración. Las exhorté a leer sobre el asunto y dejar a las chicas en paz. Esto es solo una moda que pronto pasará si no se hace más de lo que es. Para mí no tienen sentido erótico ni alimentan en mí deseos carnales de ninguna naturaleza. Me preocupa un poco que mi gata participe con ellas, pero eso es otra cosa probablemente entendida solo en la mente felina.

Al fin, se fueron pensando en haber ganado una victoria en una batalla que nunca sucedió. Se llevaron varios libros sobre mitología y arte griego para estudiar y probablemente regresar con mejores argumentos.

Para calmar mi mente bajé hasta Cali por unas semanas. La danza de mis *gouramies* en el acuario y las sabaletas en el río contrarrestaban ese embrollo en el patio. Los peces no tienen tías o religión. Son libres y felices gozando plenamente del agua y los nardos. Francisco me decía que lo de las tías era estrictamente un asunto de mujeres y que yo debía olvidarlo. Nunca me ha gustado entrar en argumentos con mujeres porque usualmente las reglas de retórica son tiradas por la borda en favor de canastadas de emoción tal vez similares a los discursos en las plazas públicas durante campañas políticas de un lado o el otro. No hay raciocinio posible, a menos que uno esté de acuerdo desde el principio, y aun así hay el peligro de no aparecer suficientemente de acuerdo con todo. Esto no es solo con mujeres sino con grupos de presión, no importa de qué índole sean. De hecho, no he sido testigo de un argumento clásico en toda la extensión de mi vida, excepto con el abuelo. La abuela era otra cosa. Ella nunca aceptaba argumentos contrarios por persuasivos que fuesen. Su palabra y opinión eran ley inquebrantable e inmutable. Mis sobrinas y mis tías son testigos tanto como tú, Mirenchu, a pesar de tu ausencia y silencio.

Mi amigo Francisco vino a mostrarme cómo lucía la corbata que le traje de Londres y decirme que hay una muestra en la librería con copias de mi libro. Desea bajar conmigo al centro para comprarlo y ser visto codeándose con el autor. Su vanidad complementa la mía como dedos a la mano. En realidad me emociona y halaga esto. Son gajes del oficio como se dice.

Así que bajé con Francisco y me sentaron cerca de la vitrina en el café de la librería con capuchino y panderos por cortesía de la casa. Firmé muchos autógrafos con Francisco a mi lado irradiando placer. Ojalá hubieses estado allí, Mirenchu de mi alma. Me abrazaron, besaron y congratularon al extremo. El gerente me pidió que dijera algunas palabras o leyera piezas del libro para satisfacer esa gran audiencia. No estaba preparado para esto pero en ese clima nublado de elogios todo es posible y pasé la tarde siendo un autor a la imagen del momento.

De regreso en mi estudio pude sentarme en una de mis poltronas y hojear una de las copias que la imprenta de Harvard me había enviado al cuidado de la librería. El olor a tinta y papel nuevo es embriagante. Hojear mi libro me transportó a otras veces y otros libros, pero este era especial de alguna manera. Francisco regresó con botellas de vino y una compañía de amigos y amigas. Se formó una fiesta ante la indiferencia de mis *gouramies,* tal vez molestos por el ruido y las luces interrumpiendo su placidez. Francisco es un experto en toda clase de fiestas. Varias mujeres se frotaron contra mi cuerpo como esos devotos que frotan algodón o romero sobre las imágenes sagradas en Semana Santa. No soy mojigato, pero no entiendo esto sin las consecuencias obvias. Parecía un rito coquetero que tal vez indicaba complacencia o un estado avanzado de embriaguez. De todas maneras, me agradó en el momento, tanto como el Bourdeaux que Francisco había traído. A la mañana siguiente encontré pantaloncitos colgando del espejo en el baño y en la cabecera de mi cama. Parece ser una costumbre entre mujeres de cierta edad, como mis sobrinas. Ciertamente, Francisco funciona en una compañía femenina especial. Mis poltronas de gamuza fueron bautizadas con vino y una de las mujeres regresó cerca del mediodía a limpiarlas con su equipo de aseo. Quedaron como nuevas y pasé la tarde respondiendo a sus preguntas sobre varios de mis ensayos mientras su equipo de tres sirvientas se desplegaba sobre el estudio con un afán limpiador y purificador. Es poco lo que uno puede decir en estas circunstancias. Gabriela es una mujer alta, de pelo trigueño bastante largo, con pechos grandes que palpitaban como gelatina y cintura pequeña ceñida con una correa ancha de charol rojo que aguantaba una faldita a medio muslo. Olía a esencia de rosas. Estuve perplejo durante toda su visita, recordando un tiempo que ya aparece sexualmente lejano y fuera de mi alcance. No puedo ocultar que su atención y presencia me estimularon más de lo posible. Le ofrecí una copia autografiada de mi libro que ella tomó como un regalo precioso e inesperado a pesar de ya tener su propia copia. Al salir me dio un beso en la frente y tiró sus pantaloncitos rojos que cayeron sobre una de las poltronas como un ave herida. Me tomó tiempo recuperarme de su visita. Voy a colgar todos los pantaloncitos en una pared del estudio como una oración budista en celebración de juventud y acción de gracias por ninfas y gracias. No puedo hacer menos, aunque en otros tiempos podría hacer más. La vida es un chiste sin punto final.

He regresado a Roldanillo para buscar un escultor en Zarzal o Tuluá que pueda esculpir unas estatuas para la fuente del patio. El viejo italiano que esculpió los ángeles ha fallecido. Por referencias encontré a Lazzaro en Tuluá, que se emocionó con mi proyecto y procedió a esbozar varias ideas mostrando copias de imágenes similares en varios libros. Le encomendé el proyecto con un pago substancial. Serán siete ninfas y una gata danzante de metro y medio de alto en diferentes poses para instalar en la fuente cerca de los chorritos de agua. Creo que los peces estarán bastante complacidos. No sé que dirán mis sobrinas y tías. En realidad no me importa lo que digan. Es mi patio y mi fuente... o al menos eso creo.

Ludius Duodecimus

El equinoccio vernal llega en noche de plenilunio y parece que la noche está iluminada como nunca
por esa esfera lunar casi azul y muy enorme que flota
sobre el campo. Me siento en mi mesa de trabajo hojeando revistas y tomando notas como de costumbre.
Me suscribo a muchas revistas de toda índole en un
afán por mantenerme informado o satisfacer mi curiosidad. Llegan a diario y se amontonan sobre mi mesa
esperando su turno para ser leídas. Desde pequeño
tengo el vicio de leer periódicos de todas partes y revistas de todos temas. Las noticias adquieren un tono diferente en otro idioma. Mucha gente se sorprende de
mis comentarios sobre asuntos inverosímiles que he
leído de paso en una revista o una crónica. Para los que
nunca se interesan en estar informados, la presencia de
alguien informado representa un evento exótico como
un okapi en el zoológico que parece ser una mezcla de
cebra y mula con trazos de jirafa y gacela. Me quedé
medio dormido en mi sillón para ser despertado por el
ruido de mis sobrinas y tías danzando con Josefina y la
gata alrededor de la fuente. Estaban todas desnudas y
afeitadas en sus regiones íntimas como estatuas griegas
o las imágenes de las odaliscas de Ingres. Era un espectáculo bastante gordo en mi estima que me dejaba perplejo y en conflicto luego de las discusiones de varios

meses antes. Nada había cambiado excepto que las sobrinas habían reclutado a las tías y a Josefina para su lado ninfático y gracioso. De suerte no habían reclutado a los tíos y novios o tendríamos una orgía de gran tamaño.

Tocaron en mi puerta deslizante, entraron sin esperar invitación y se acomodaron en sillas y cama. Rehusaron mi oferta de toallas para cubrirse y casi en una sola voz demandaron que las estatuas para la fuente fuesen representativas de sus figuras en lugar de idealizaciones. No sé cómo se habían enterado de mis planes, pero parece que Lazzaro estaba proclamando su gran contrato como un gallo canta sobre los huevos de su gallina. Para evitar problemas, acepté las demandas y me sorprendí al ver a Lazzaro emergiendo de las sombras con su libro de esbozos. El emboscado nunca sabe del ataque hasta que es muy tarde y pierde la cabeza o el honor. Hay que rendirse ante lo inevitable y esperar que todo salga bien a pesar de todo. Una masa de odaliscas me cubrió en un enorme abrazo que me hizo sentir como un *pasha*. Nunca había tenido tanta piel encima de mí. Josefina parecía la más entusiasta en contraste con su persona usual. El equinoccio y el plenilunio surtían su efecto encantador. Mi alcoba se había vuelto un *seraglio* repleto de carnes temblantes despojadas de deseo.

Lazzaro esbozó a cada una de varios ángulos y prometió dejarlas visitar su taller para observar el progreso. Prometió también hacerles una miniatura a un cuarto de escala. No sé por qué estas mujeres se interesaban tanto en ser esculpidas al desnudo. Todo estaba contrario a lo normal y el plenilunio se llevaba consigo cualquier noción de timidez y pudor. El orgullo del cuerpo se elevaba entre miembros del mismo sexo y un tío que podía pasar como un eunuco por razón de sus ligamentos de afecto.

Ya he limpiado toda la casa incluyendo el cuarto de la abuela. El lienzo permanece con tu retrato en el marco de vidrio y el del abuelo en ese marco dorado que la abuela usó. Quité las viejas cortinas que hablaban de una época muy pasada y las he remplazado por persianas blancas. Traje a un pintor de Zarzal para pintar todo por dentro y por fuera. Estoy ahora pensando arreglar la cocina de una manera más servicial que no le reste carácter. Luis reparó la cerca alrededor del viñedo y agregó un portal con la imagen del abuelo en una placa de madera tallada por un artista local. Todo parece estar ahora en medio de un renacimiento total y muy necesitado. Hay un aire fresco corriendo por todos los corredores, desde nuevas sábanas y pintura hasta baldosas a la entrada que corresponden a las del patio. Nunca hice un presupuesto respondiendo solo a necesidades aparentes. Soy bastante impulsivo cuando se trata de hacer lo que me plazca. Las tías han insistido en darme lecciones de contabilidad y gerencia, pero hasta el momento no he visto sus contribuciones financieras y no las he solicitado por algo de orgullo propio y evitar controles desrazonadas o descorazonantes. Mis medios son bastante generosos como para prevenir mi preocupación sobre insolvencia. Tengo cierta libertad a causa de mi trabajo y derechos de autor que me llegan frecuentemente. Como decía la abuela: *"Mejor solo que en mala compañía"*. Ese lema subraya mi soledad y mi libertad.

XXIV
Lorenzo
El hombre trasplantado

En Galicia existen esas *corredoiras* o pasadizos que conectan patios y lugares. Son callejones de dos o tres metros de ancho talados de la piedra o enmarcados en piedra por donde se arrean vacas, cabras y gente. La piedra parece abundar en Galicia junto con los helechos y el verdor. Sombreados por robles, abedules, arces, acacias, moreras y encinos, los pasajes retienen humedad que promueve el crecimiento de musgos y helechos. En ciertas secciones, los helechos y el pasto crecen rápidamente para cubrir gran parte del camino dificultando el tránsito de peatones.

Arreando sus vacas cada día de subida y bajada al pastizal, Lorenzo trataba de cortar los impedimentos con su machete, creando en realidad una serie de setos que con el tiempo se tornaban en una demostración de arte horticultural digno de ser copiado en los jardines formales. De llevar una vida apacible como arriero adolescente e indiferente, Lorenzo fue reclutado para las filas del ejército real durante la Guerra Peninsular que buscaba el regreso de Fernando VII al trono luego de la derrota de los ejércitos napoleónicos y la expulsión de José Bonaparte.

Una vez restablecido el "Rey Deseado" a su trono, Lorenzo y su regimiento fueron enviados a Lima para recuperar y afirmar el dominio español sobre el Virreinato de Perú en una empresa vista como similar o más fácil dada la experiencia de las tropas y las bendiciones de muchos obispos para un monarca absoluto y anti liberal. Hombre de mediana estatura, pelo rojizo encrespado, tez blanca curtida por el sol y la intemperie, ojos claros y piernas cortas, Lorenzo no presentaba una figura imponente, excepto en su uniforme con su rifle al hombro y ese sombrero alto donde se podría guardar un almuerzo.

Con muy poca educación, el viaje transatlántico fue para Lorenzo una experiencia de hechizo que aumentaba sus supersticiones gallegas mezcladas con el sincretismo de prácticas católicas. El barco, el mar, el viento, los delfines, las estrellas, los olores y colores, la oscuridad y los crepúsculos. Todo parecía hablarle en un idioma embrujado y bastante incomprensible. Es suficiente decir que Lorenzo habitaba en una esfera existencial vastamente diferente de lo normal y aceptable. Llevaba muy dentro de sí el embrujo de Galicia que era comparativamente diferente a la de sus otros compañeros. Hombres pobres de campo reclutados con la esperanza de una vida mejor sin saber qué era lo mejor o si lo mejor les quedaba bien puesto. Su oficio principal era ser soldado tan simplemente como posible y seguir órdenes sin preguntar por qué. Apenas sabía firmar su nombre y no leía más de lo mínimo indispensable. Dependía de otros para enterarse de esos asuntos impresos que guiaban la marcha de las tropas o la divulgación de conocimiento.

Una vez llegado a Lima se deslumbró con el paisaje tan diferente de su Galicia. Era como si Europa y España hubiesen caído al otro lado del mundo y se hubiese entrado a una nueva realidad. El Pacífico era un mar de talla y tono diferente al Atlántico y los Andes saltaban más altos e imponentes que la Sierra Nevada. Ese mar oscuro y tenebroso sin destellos aguamarinos parecía venir de un fondo profundo repleto de náufragos y monstruos enormes. El mercado le llenó los ojos y la mente de colores, olores y sabores por fuera de su experiencia. Era una panoplia enloquecedora para este gallego limitado a la escasez local o a un surtido estrecho de verduras y hortalizas. En esas casetillas al lado el mar pudo orientarse mejor viendo los peces y mariscos usados en preparar ceviche. El surtido de peces y mariscos no era tan distinto a lo que le era familiar de la costa gallega en Vigo, Pontevedra o Coruña, excepto en mayor cantidad, tal vez excesivo. Sin embargo, los ajíes eran potentes pero los sabores tenían un enlace familiar. La diversidad de papa y maíz era abrumadora. Este lugar representaba un gran reto que Lorenzo no había recibido antes pero que ahora no rehusaba aceptar. Se encontraba en un borde precipitoso y no tenía otra opción que saltar resolutamente.

Usando cada momento libre, Lorenzo visitaba las casetillas haciendo preguntas y saboreando ofertas de peces y mariscos transformados por jugos cítricos.

Muy pronto formó amistades como doña Elvira y don Teófilo, quienes lo emplearon como asistente en sus cevicherías y restaurantes donde pudo ampliar sus conocimientos y práctica para convertirse en un buen cocinero de nota. Su incipiente fama pronto llegó a oídos de un general que decidió añadirlo a su estado doméstico como jefe de cocina. Todo parecía ir viento en popa cuando de las montañas llegaron los ecos de ese encuentro en Junín a escasos trescientos cincuenta kilómetros de Lima. Había gran revoloteo por la casa y su entorno con la preocupación de un paso siguiente y preguntas acerca de seguridad y protección por parte de las familias y el personal doméstico. No ayudaba en nada que frailes y monjas se infiltraron en la casa para pasar el tiempo hablando de escenarios apocalípticos y murmurando plegarias de protección como un abejorral en peligro. Eran tiempos inciertos que significaban poco para Lorenzo aislado en sus funciones de cocina.

Cuatro meses después de Junín, el 5 de diciembre, Bolívar entró a una liberada Lima seguido cuatro días más tarde por la gran derrota para los frentes Realistas en Ayacucho. Bolívar llegó a Lima un año antes para liderar la independencia de Perú y terminar la resistencia de los Realistas que estaban fortificados en Cuzco pretendiendo rescatar el imperio de don Fernando de Borbón como se lo habían cometido. Los españoles que quedaban en Lima no experimentaban persecución, aunque existía mucha incertidumbre. Se vivía tan normalmente como posible en medio de la ansiedad. La Campaña de Perú consistió en una serie de escaramuzas desde Junín hasta Ayacucho que eventualmente debilitaron y derrotaron al contingente español dividido en propósito y fidelidad. Con el triunfo de Ayacucho, el virrey y sus generales regresaron a España, y Perú empezó a existir como una nación independiente afiliada por un poco tiempo con la Gran Colombia.

Lorenzo, junto con tres mil prisioneros fue entrevistado para efecto de procesarlo. Su papel en la cocina fue reconocido y así fue asignado al Estado Mayor. Fue allí que su pericia impresionó a Bolívar. Por casi seis años Lorenzo sirvió como cocinero del Estado Mayor en Lima y Bogotá produciendo esos platos íntimamente ligados al mar y la tierra. Luego de la muerte de Bolívar, las disputas internecinas eliminaron su empleo y Lorenzo regresó entonces a Lima donde doña Elvira y don Teófilo lo recibieron de nuevo con los brazos abiertos. Ellos habían venido de las Canarias con la esperanza de una nueva vida y la encontraron en este lado del mundo. Su fidelidad estaba invertida sobre Lima y la riqueza cultural y gastronómica del Perú. En el caso de Lorenzo, Perú representaba un horizonte que le tallaba bien. Algo más fácil de comprender. De las lejanías de Galicia hasta las lejanías de Perú se construyó una *correidora* de imaginación por donde un hombre de poca educación pudo tener un papel en el gran drama de la independencia a base de jugo de lima y naranja agria unido a lo mejor que el Pacífico podía ofrecer. Sin nunca embarcarse fuera de la orilla limeña sabía lo que el mar y la tierra ofrecían. Su jornada diaria por el mercado y los muelles le ofrecía una riqueza de opciones para preparar sus platos. Con el tiempo se convirtió en un inca con acento gallego que nunca pensó en cruzar

el mar de regreso. Lima lo había seducido incontrover-
tiblemente.

Ludius Tredecimus

María Eugenia, anoche soñé contigo. Soñé de ese baile en la escuela al que te llevé con tu mamá y donde fuiste la envidia de mis compañeros. No es cosa rara, pero estabas en este sueño tan cerca que podía oler tu perfume. Los nenúfares en la alberca están floreciendo y llenan el espacio de un aroma agudo que tal vez me aproxima a ti o a esa danza tan torpe que extraje de lo más íntimo de mi ser. Tenía miedo de no tenerte y te invité para que todos vieran que te tenía. Tú lo sabías y sonreíste para darme valor.

Lazzaro trajo las estatuas y las hemos colocado en la alberca sin afianzarlas a sus bases en espera del juicio de las sobrinas y las tías que quieren decidir quién va en qué lugar. Parece que se ha formado una jerarquía muy contraria a mis deseos y sentimientos. En su afán de complacer, Lazzaro no ayuda y me deja encartado con el tropel de odaliscas. Lo que era un proyecto sencillo nacido de imaginación y buenos deseos, se ha convertido en un evento de importancia personal crítica. Luis y sus primos las han visto y decidieron irse muy callados al viñedo para escarbar la tierra como pollos. Esta noche vienen todas. Josefina está haciendo empanadas, lo cual significa que debo comprar aguardiente. La gata finalmente encontró un macho a su gusto. Andan juntos como colegiales y parece que ella está encinta de acuerdo con la opinión de Josefina que sabe mucho de la biología de gatos pues tiene como seis arriba en la cordillera. Aún en su condición, Negus no abandona su clase real y se pasea como dueña del territorio con un gusto renovado por torcazas y lagartijas. Su dieta parece necesitar estos sabores y placeres. Las lagartijas son tan rápidas que no me imagino cómo ella puede cazarlas. Cada día parece tener una. En cuanto a las torcazas aún un gato ciego puede atraparlas. Son bobas y mansas lo cual no habla bien de la especie. Las tías y las sobrinas llegaron, se apoderaron de mi alcoba desnudándose y pasando por mi estudio al patio donde las esperaba Lazzaro con sus miniaturas para cada una. Parecía una entrega de premios. No las dejé meterse a la alberca por razón de la profundidad y el hecho que las estatuas no están bien fijas. Además, pueden disturbar a los *koi* que según el doctor Otawa son muy sensibles. Cada cual admiró su miniatura y se comparó con la estatua grande. Parece que Lazzaro adivinó la jerarquía porque no resultaron cambios de posición, aunque algunas se quejaron de que los senos estaban más pequeños o flácidos en comparación con los originales. Algunos vientres también merecían reducción. Lazzaro prometió arreglarlos antes de la instalación final. *Vanitas vanitum et omnia vanitas*. Claro que no se modificaron y todas quedaron felices y orgullosas. Negus, extendida al borde de la alberca, parecía complacida con todo. Las sobrinas se emocionaron con las noticias del embarazo como si fuese el de ellas mismas. Esto me dio mucha pausa, pero vivimos en un medio emocional con poca racionalidad. Tal vez no hay más agustinianos que enseñen lógica y filosofía.

Noticias de los eventos de mi último viaje en tren llegaron a la casa por boca del sargento de policía quien vino a refrendar datos en el reporte policial. Josefina se alarmó y llamó a las tías que se apresuraron a venir y prestarme cualquier ayuda o simpatía necesaria que en realidad no se necesitaba. Sucedió que durante el viaje se metieron varios hombres al tren cuando hizo la parada en Buga y se desplazaron de vagón a vagón demandando el dinero y joyas de los pasajeros. Yo no estaba apercibido de ellos por estar sumido en la lectura de una nueva edición de poemas de Czeslaw Milosz, el poeta polaco que yo pensaba traducir al español. Los hombres llegaron a mi cabina y demandaron mi cartera y mi reloj. Como de costumbre, no cargaba mucho dinero en efectivo y mi reloj es uno barato japonés hecho por Casio que no vale más de ocho dólares. Solo necesito saber el tiempo en lugar de ser fantoche con una pulsera de metal y una caja rodeada de brillantes. Me quitaron el libro, se frustraron bastante con mi "pobreza" y me arrebataron la cartera que llevaba a mi lado. En el siguiente rifirrafe la cartera cayó al suelo y salió un disparo que hirió a uno de ellos en el muslo para asombro de todos. Me había olvidado de que llevaba el revólver del abuelo. Ese Colt .45 largo que yo llevé a un arsenal para evaluarlo y limpiarlo. Parece que una bala había quedado en la cámara durante la práctica del mecanismo y el impacto sobre el piso causó el disparo por no haber asegurado el gatillo. En ese preciso momento llegaron los conductores y apresaron a los atracadores todavía asombrados tal vez tanto como yo. Los pasajeros me dieron mucho crédito por mi supuesta valentía que era no más que un accidente bastante fortuito y providencial. Examinaron el revólver, se maravillaron por su condición y tamaño pidiéndome certificados de propiedad y de uso que estaban en la cartera con el hueco de la explosión. Milagrosamente mis papeles y otros efectos no sufrieron quemaduras. La cartera era una papelera de cuero que he cargado por varios años. Me la regaló la abuela cuando gané un premio por escribir unos cuentos.

Una vez llegados a Tuluá entró un destacamento de la policía y llevaron a los atracadores al cuartel de la policía, me hicieron llenar una declaración junto con otros pasajeros que procedieron a reclamar sus objetos personales. Todo había sido un bochorno sin graves consecuencias que me causó ser llamado "doctor" por mucha gente y "héroe" por otros. Yo solo quería llegar a Zarzal lo más pronto posible para hacer la conexión a Roldanillo tal como lo he hecho por tanto tiempo.

Las tías zumbaban alrededor haciendo preguntas y compadeciéndose acerca de mi condición mental luego de lo que ellas llamaban una crisis muy grave que de alguna manera se había vuelto para ellas en un asunto de epopeya dada mi edad y prominencia. Sugerían que debía viajar con escolta para protegerme y mantenerme anónimo de la mejor manera posible ya que se me conocía mucho por toda la ruta. Que yo había pasado de ser un pasajero más a un viajero destacado. Unas sugirieron que debía comprar un auto y emplear un chofer para transportarme con mayor seguridad. Me tocó levantar objeciones bastante airadas para darle fin a tanta especulación. No soy más que un hombre local y bastante sencillo sin aspavientos otros que unos gozos personales y un deseo enorme por privacidad. Abandonar la rutina implicaba someterse a algo desconocido y potencialmente letal. Es como pedirle a un pez que abandone su río para evitar un posible encuentro con un anzuelo. He viajado sin inconvenientes por más de cincuenta años en ese ferrocarril y no estaba listo a cambiar lo que había sido una rutina placentera hasta la fecha. En todos esos años nadie me incomodó y todos respetaban mi espacio, excepto por momentos en que alguien se me acercaba a cerciorarse de mi identidad y ofrecerme congratulaciones o comentarios breves por algún artículo o libro. Vivo en el medio sin miedo y sin privilegio. Escribir y publicar implica una especie de comunión (unión en común) con el público pues para eso se expone uno sobre las páginas. Nada ha cambiado. El propósito de los salones de escritorio en los conventos medievales era simplemente copiar y proclamar como lo hizo luego la imprenta. No era asunto de copiar y archivar. El proceso no ha cambiado a pesar de los avances en tecnología y diseminación. Los autores corren desnudos sobre las páginas, vertiendo su ser y su mente sin rubor o temor. Que exista la censura en algunos medios y localidades no importa tanto como el hecho que lo una vez oculto eventualmente sale a la luz con mayor poder e impacto. Verdaderamente la palabra es eterna. *Verbo in aeternum*

Las tías se reconfortaron al cabo de un tiempo y se dedicaron a otros menesteres en la casa para corregir lo que consideraban errores de mi parte como el color de las paredes o el diseño de la entrada con un patio de baldosas con bordes de *frangipani* y una pérgola con veranera. Para ellas era necesario entablar discusiones extensas sobre los más pequeños detalles mientras yo me esforzaba por crear un ambiente general con acentos variables. No se ganan estas batallas excepto por no prestar atención a la crítica y hacer lo que se quiere hacer. La algarabía eventualmente cesa de intensidad y volumen con la emergencia de otros detalles. Al cabo de una vida desnudo sobre el papel se adquiere una cierta inmunidad a la crítica o a la desnudez.

XXV
Pompilia
La nodriza del libertador

Como veinte secuaces vinieron a buscarlo a medianoche en el Palacio de San Carlos para matarlo a nombre de ideales contrarios y mezquinos. Manuela lo despertó y él no sabiendo qué hacer se alistó a defenderse solo a punta de pistola y espada. Sin embargo, respondió a la insistencia de Manuela y aceptó salir por una ventana hacia la Carrera 5a escurriéndose por la oscuridad húmeda de Bogotá hasta hallar refugio bajo un puente en espera de la restauración del orden por el ejército nacional. Abriendo la puerta de la alcoba Manuela convenció a la chusma que Bolívar no estaba en el palacio. Pasar la noche a la intemperie de ese clima frío y húmedo en la altura de Bogotá era lo peor que podía pasarle a ese guerrero sin abrigo ya en las etapas medias de una tisis que galopaba dentro de él como su potro lo había hecho por cinco repúblicas.

Una vez se recuperó el orden y Bolívar pudo regresar al palacio se hicieron planes para trasladarlo a esa quinta que el estado le regaló en las faldas del Cerro de Monserrate por sus labores libertadoras. Allí podría descansar y recuperar tanto la salud física como la espiritual lejos de los trajines y tramas del palacio presidencial. Demacrado y cadavérico lo trasladaron con gran sigilo, rodeado de sus edecanes junto con Manuela y José Palacio, su sirviente. La labor de recuperación se proyectaba larga y difícil por el carácter mismo del Libertador y el calibre de sus enemigos. Nadie sabía la realidad de su condición física. Sin embargo, Manuela pensaba que un tratamiento más personal y constante era necesario. Así envió a dos edecanes para buscar y traer de Zipaquirá a Pompilia O'Connor que siguió a su amante con esa Legión Irlandesa que se unió en Venezuela al ejército libertador. Desafortunadamente el romance fue interrumpido por la muerte del joven irlandés en la Batalla de Junín y Pompilia se quedó en una finquita que Bolívar le regaló cerca de las minas de sal en Zipaquirá.

Pompilia era una mujer de mediana estatura con tez de porcelana, ojos azules, amplios senos y una cabellera larga y roja que fluía de su cabeza a sus caderas como un río revuelto. Descendiente de curanderas y brujas en el condado de Cork en Irlanda se convirtió en una nodriza excepcional por toda el área del norte de Bogotá llegando a Fúquene, Lenguazaque, Chocontá por la Cordillera Oriental hasta lugares tan lejanos como Guasca, Facatativá y Fusagasugá. Sus cuidados no estaban limitados a leche de pecho sino también a pucheros y tratamientos con yerbas y masajes. Vestida de tafetán plano, verde oscuro, con cintas multicolores trenzadas en su pelo presentaba una apariencia bastante exótica para el entorno de criollos e indios. Era persona de pocas palabras usando una mezcla de gaélico y español que inspiraba obediencia y atención con señales manuales y una sonrisa generosa. Durante los plenilunios de verano e invierno se bañaba desnuda en el lago de Guatavita para asombro de los indígenas vecinos que, envueltos en sus mantos de lana, recordaban esa leyenda del Zipa y el Dorado tiritando en la llovizna. Esa mujer con piel de porcelana brillaba bajo la luna llena como una estatua de nácar o jade blanco.

Con la llegada de los edecanes no tuvo dudas en recoger su bolsa y montar el caballo que le ofrecieron para cabalgar los cuarenta kilómetros hasta la quinta al noroeste de Bogotá. Viendo la condición de Bolívar, se metió en la cocina y preparó un puchero de cebada y maíz con varias yerbas y trozos de papa azul que procedió a dárselo al paciente por cucharadas mientras él dictaba cartas y daba órdenes. Era más de lo que el Libertador había comido por varios días y eventualmente le causó sueño suficiente como para dormir una larga siesta que duró desde la media tarde hasta el día siguiente. Manuelita y José, junto con el Brigadier O'Leary, no se contenían de la emoción y pasaron la noche tomando aguardiente con esencia de canela mientras Pompilia masajeaba la espalda y el pecho de Bolívar con un aceite mentolado y alcanforado para aflojar la flema y relajar los músculos. Daniel O'Leary era el edecán jefe con grado de brigadier general y por sus orígenes en Cork tenía afinidad con Pompilia pudiendo comunicarse y traducir para mejor interacción. O'Leary había venido con la Legión Irlandesa y por su gallardía e integridad ganó el favor de Bolívar estando

presente en varias batallas y sirviendo como un secre-
tario extraordinario que guardaba la copiosa correspondencia y los detallados reportes de actas y órdenes ema-
nadas de la presidencia y el liderato del Libertador. A
pesar de recibir órdenes de quemar el archivo luego de
la muerte de Bolívar, O'Leary los guardó, aumentó con
las cartas de Manuelita y ordenó todo muy celosa-
mente, escribiendo treinta y cuatro volúmenes de memorias que se constituyeron en la base de varias bio-
grafías e historias contrarias a los deseos de erigir un
mito más que una narrativa verdadera sobre la vida y
faena del Libertador. Pompilia trabajó con la salud de
Bolívar por dos años siendo testigo de su gran pena
mental y espiritual ante la disolución final de la Gran
Colombia en 1830, el asesinato de Sucre y su deseo de
marchar al exilio en Jamaica o Europa luego de renun-
ciar a la presidencia. Las grandes artes curativas de
Pompilia fallaban ante la terquedad y obsesión de su
enfermo, que rehusaba cuidado y se rebelaba ante el
avance de la tisis que lo llevaba a estar acostado desnudo en una hamaca sufriendo bajo intensas fiebres y
brotes de tos. Escupir sangre aumentaba la debilidad
del paciente y muy poco se podría hacer para controlar
esa tos tan insistente que evidenciaba la destrucción de
los pulmones. Pompilia lo acompañó en la jornada hacia Cartagena por el Magdalena llegando solamente
hasta Mompox donde el Cauca se une al Magdalena en
lo que es un lagunal bastante extenso. Allí, el obispo de
Mompox la detuvo y enjuició por brujería por acusa-
ción de una cofradía penitente de Bogotá que veía en
Bolívar a un ser poseído por fuerzas demoniacas entre
la cuales estaba Pompilia. Habían formado un trazo de

su nombre con el segundo rey de Roma, Numa Pompilo, quien era de origen sabino y tuvo parte en la formación del culto romano de varios dioses paganos. Desde el siglo VIII antes de Cristo se confabulaba un argumento veintiséis siglos después para justificar envidia y rencor, tanto como ignorancia y temor. Qué relación podía en realidad existir entre una irlandesa y un rey romano de la antigüedad si no fuese por esa superstición de lo oculto y lo incomprensible. El idioma gaélico de Pompilia se veía como un lenguaje pagano y embrujado. Las cintas entrelazadas en su cabello eran señal de ligaduras satánicas y sus artes curativas demostraban algo que no podía ser cristiano.

Pompilia no podía ser llevada ante el tribunal de la Santa Inquisición pues este había sido terminado con la liberación de Cartagena por el ejército Patriota nueve años antes, en 1821, liderado por José Prudencio Padilla en la Noche de San Juan (24 de junio) luego de un bloqueo de casi un año por las fuerzas españolas. Sin embargo, fue privada de su libertad en un calabozo del palacio episcopal, donde grupos enconados de rezanderas la rociaban con agua bendita y azotaban con esos manojos de romero y yerbas frotados durante la Semana Santa sobre las llagas en la imagen de Cristo crucificado que flotaba sobre el altar mayor de la catedral. Tal vez existía un elemento sexual reprimido que emergía ahora al frotar y exorcizar a esta mujer desnuda con los brazos en alto atados a una viga con su cabellera tratando de cubrir su torso. De alguna manera se creía que esos manojos conferían un nivel mágico y santificador tal vez no tan diferente a los pucheros y curaciones que Pompilia preparaba. ¿Cuál era la diferencia?

O'Leary intentó infructuosamente de liberarla con mucha diplomacia dado que el obispo de procedencia española era uno de esos enemigos jurados de Bolívar. La liberación del continente bajo los auges del Siglo de las Luces, fuera de las normas diocesanas, no era del gusto de la curia, especialmente la española, con su visión conquistadora y colonizadora a nombre de reyes católicos investidos a reinar por la voluntad expresa de Dios, como se enseñaba en escuelas y parroquias. Rebelarse contra el rey era en efecto rebelarse contra Dios mismo. Aterrorizada, sin saber de su futuro en manos de la Iglesia, Pompilia pasó muchos días con gran ansiedad y pesar en cuerpo y alma. Estar desnuda y maniatada sin poder cubrir sus partes privadas, le causaba no solo rubor sino ofensa. El demonio que le buscaban nunca apareció y la bella nodriza, exhausta, hambrienta y temerosa, eventualmente pudo encontrar fuerzas para ahorcarse con su cabello casi al mismo tiempo que Bolívar expiraba en San Pedro Alejandrino. No había compasión para cualquiera que fuese diferente. La miopía alimentada por el fanatismo no permitía una mirada amplia y tolerante.

O'Leary recogió su cuerpo y la sepultó en Zipaquirá, cerca de su rancho, en una pendiente con vista del lago de Guatavita. Dicen los mitos que en los plenilunios una luz verde flota sobre su tumba y los lirios florecen alrededor de su casa. El obispo de Mompox descansa en aparente paz bajo el polvo seco de Extremadura, como tantos otros que no encontraron su fortuna en ese Nuevo Mundo tan elusivo y revolucionario.

Por su parte, Manuelita Saenz se quedó en Bogotá luego de despedirse de Bolívar al punto de su marcha hacia Santa Marta terminando una relación de ocho años. Fue exilada a Jamaica por Santander dada su insistencia en preservar las políticas de Bolívar. Su pasaporte fue por Ecuador y se refugió finalmente en la costa norte de Perú viviendo en semi-miseria de la venta de tabaco y traducciones de cartas de amor de balleneros americanos para sus amantes latinoamericanas. Allí fue visitada por Melville, que hacía investigación sobre la pesca de ballenas; y Garibaldi, que viajaba hacia China muy poco antes de su regreso a Italia y la lucha final por independencia. Manuelita sucumbió eventualmente a una epidemia de difteria veintiséis años luego de la muerte del Libertador. Antes de morir le dio su archivo de cartas de Bolívar a O'Leary. No hay rastro exacto de sus restos mortales y todos sus bienes fueron quemados por efecto de la epidemia. Siendo enterrada en una fosa común no se podían identificar sus restos con exactitud. Sin embargo, en 1910 Venezuela le dio un funeral de estado cincuenta y cuatro años luego de su muerte. Unos restos simbólicos de suelo de la fosa común fueron llevados de Perú a través de Ecuador y Colombia hasta el Panteón Nacional en Caracas, donde fueron enterrados cerca de la tumba de Bolívar. Por fin, ella pudo a descansar al lado de su amante, aunque fuese en símbolo más que en realidad. Es posible que la gesta libertadora hubiese sido nada más que un sueño con trazos románticos a lo largo de cinco países.

Postludium Primus

Me desperté con ocho gaticos amamantando en mi cama cerca de la cabecera. Negus rehusó usar el lecho preparado por Josefina en el patio y decidió usar mi cama. Se ve muy orgullosa de su hazaña y su macho merodea por el patio como un esposo preocupado por sus hijos asombrado por su fertilidad. Hay cuatro hembras y cuatro machos, todos negros como la madre. Aunque algunos tienen paticas y punta de cola grises, como el padre. Josefina está en ascuas como una abuela. Hay una lista larga de gente deseando un gato de la reina del territorio incluso el alcalde y el párroco. De suerte tuvo tantos. Claro que deben ser destetados al cabo de unos meses antes de distribuirlos. Hay biberones extras para suplementar la leche que Negus apenas puede producir. Luis le ha cazado unas torcazas, pero rehúsa coger lagartijas por asunto de agüeros quimbayas. Ciertamente, esta casa puede cuidar a todos no importa clase, condición, tamaño o especie. Por la noche llegaron las tías y las sobrinas para más orgullo de la madre felina todavía tratando de organizar el asunto de amamantar su destacamento. Sin percatarme, ellas convencieron a Lazzaro de hacer una estatua con gaticos que Lazzaro acaba de completar en un bloque de basalto sacado de cerca del volcán Galeras en Nariño. Tiene que completarlo con dos gaticos más. Nadie esperaba esta gatada tan grande.

Parece que en mi casa están prohibidos los vestidos. Tías y sobrinas se pasean en pantaloncitos o desnudas por mi estudio como si fuese su alcoba. Ni Ingres podría concebir estas odaliscas tropicales. No me molesta o desagrada esto, pero me siento muy expuesto con tanta piel circulando a mi alrededor. Es posible que me vean como a un eunuco dada mi edad e indiferencia. Siempre he visto el desnudo como un agente de arte en lugar de un instrumento sensual de conquista. De cierta manera me aburre tanto como una sopa de apio. Las tías ya son mujeres maduras con mucha gordura colgando de los cuerpos y senos un poco afectados por la Ley de Gravedad. La desnudez parece implorar por esos vestidos muy circunspectos que ellas habían preferido hasta estos días. La libertad que ellas alcanzan con la desnudez necesita un cierto nivel de control que yo no puedo ejercitar sin entrar en un argumento sobre estética y libre expresión. Lo mejor es esperar que todo complete su curso normal. Seguramente, ellas se cansarán y regresarán a su manera habitual de vestir. Había un espejo grande en el cuarto que fue de la abuela y decidí instalarlo en la pared de la cocina que daba frente al patio y la fuente como un aliciente para que pudieran verse más directamente. Tal vez necesitaban un poco de realidad reflejada en ese espejo de uno por dos metros en el que la abuela se cercioraba de estar bien vestida. Lo que cada una pensaba de su cuerpo era más ilusión que realidad. Tal vez el espejo serviría para promover un retorno a la verdad.

La mujer del alcalde vino a escoger su gatico. Les hemos puesto cintas de colores en el cuello para identificar su futura pertenencia. Al ver las estatuas en la fuente se comparó con algunas haciendo gestos sobre su cuerpo con miradas de admiración e insistió en tener el nombre y dirección del escultor. Parece que ella también quiere inmortalizarse a manos de Lazzaro. Creo que en el futuro debo cobrar una comisión. No sabía que existía tanto narcisismo en este territorio. Mi patio se ha convertido en un *seraglio* sin que yo sea un sultán. Tal vez deba empapelar el estudio con damasco de seda y llenarlo de cojines persas. Necesitaré un eunuco para vigilar a las odaliscas, aunque parece que ese es mi cargo en estos días. Sería bueno escapar a Cali por un rato o subir a la cordillera para acampar y tomar aire fresco. Debe existir un paliativo en la distancia entre los árboles.

Decidí subir a la cordillera que estaba vestida de lila con flores de guayacán. Pasé una semana en mi carpa hasta que se agotaron las provisiones y no pude capturar peces en la quebrada. Nadar en esta agua clara y fría me hace recordarte, Mirenchu. No hay pececitos en el fondo, pero sí truchas esquivas rehusando mis moscas de pesca. El abuelo las pescaba todo el tiempo pasando semanas en los bosques viviendo de su pesca y caza. Tal vez es asunto de técnica pues uso las mismas carnadas. Es posible que las truchas perciban el cambio entre el abuelo y yo. De todas maneras, bajo a la casa luego de consumir el último envuelto de choclo que Josefina me preparó. Es cuestión de seis horas de marcha. Quisiera regresar con truchas en la canasta pero no se puede. Tocará ir a la sección de pescado en el mercado dentro de unos días. Necesito una cena de pescado con vino blanco y pocos huéspedes. Un sultán necesita su momento de calma y reflexión sin la presencia hostigante de las odaliscas. Tanta piel tiende a confundir ojos y mente.

En mi ausencia Josefina le cosió falditas de organza y tul a las estatuas que quedaron como esas esculturitas de bailarinas en bronce que hizo Degas. Cada una tenía color diferente y en realidad se veían muy hermosas. Parece que no me faltan artistas a mi alrededor y en familia. Lazzaro trae clientes de vez en cuando para promover su taller y talento. De esto sale también negocio para mi albañil y plomero. Nunca pensé que mi casa se convertiría en centro modelo de escultura y albañilería. Lazzaro incluye una gira por mi estudio y una muestra de mi libro recién publicado, junto con mi biblioteca, dibujos y colección de arte para refrendar un cierto concepto de intelectualidad que apoya la necesidad por escultura y diseño en general. Mi casa se vuelve museo y yo estoy atrapado como un objeto expuesto. Esto me avergüenza bastante porque nunca he sido muy inclinado a exhibir mis cosas tanto físicas como intelectuales. Como la casa de un panadero o un sastre, mi casa me contiene y expresa lo que soy. Nada más. Sin embargo, en este pueblo y región soy celebridad fuera de lo común y hay un precio a pagar. Esperan a un ser extraño haciendo cosas extrañas como los relatos en mis libros. Si voy al mercado me siguen las miradas ansiosas de ver qué compro. Por esto mando casi siempre a Josefina o a Luis al mercado. Claro que cuando se

trata de pescado voy en persona pues soy muy fasti-
dioso acerca de color, textura y olor. Con el mar situado
casi ocho horas al otro lado de una cordillera es difícil
encontrar pescado fresco. Viene en hielo una vez a la
semana como momias semi-rígidas con ojos de susto.
Hay bastante pescado de agua dulce como bagre, boca-
chico, sabaleta y trucha para satisfacer un cierto aspecto de los deseos piscívoros en la comunidad. Pescado de mar es otra cosa. Ofrece un sabor y una textura
diferentes. Para la cuaresma llegan esos barriles de bacalao seco que sirven para cocinar sopa de papa con
bacalao o pez en salsa de limón con eneldo acompañado con vino verde de Portugal. No es un asunto muy
malo si se prepara bien quitándole el exceso de sal y se
pretende que se cumple con un mandamiento. No es tan
malo como esas sardinas enlatadas en salsa de tomate
o aceite de oliva que parecen no bajar de la garganta
por bastante rato y erupcionan por toda una tarde. Es
difícil ser un feligrés atento y dedicado por estas co-
marcas. La abstención a carne tiene sus pesares que no
le importan a una Santa Sede bastante alejada de mon-
tes rurales al otro lado del mundo. Tanto que han tratado de argüir que solomillo de ternera no es en realidad
carne pues se nutre de leche. Deberían ser condenados
a cuarenta días con bacalao petrificado en salmuera. A
pesar de su relativa lejanía, Roldanillo tiene un buen
surtido de comestibles y comensales. Pescado fresco no
es uno de ellos. Así paso la cuaresma con envueltos de
choclo y tamales sin carne además de pucheros de papa
y yuca que Josefina prepara con gran esmero y delicia.
Claro que siempre hay el pandebono nuestro de cada
día con chocolate o café negro y panderos rebozados de

aguardiente. No por nada nos visita el párroco cada día a la hora del almuerzo. No es asunto de rebeldía sino de sabor y gozo.

Con motivo del primer aniversario del paso de la abuela, el alcalde organizó un evento en la plaza mayor para dedicar el obelisco memorial. Sin darme cuenta, Josefina le había dado al alcalde el nombre de Lazzaro, quien esculpió un hermoso obelisco de mármol con una base de uvas entrelazadas con hojas de laurel y roble. Una cinta espiral labrada alrededor del obelisco tenía el nombre de la abuela y el abuelo descritos como fuerzas dinámicas de la comunidad. El obelisco se alzaba unos cinco metros y se sentaba en un prado al frente de la alcaldía. Desde el techo de la catedral ya estaban las palomas haciendo planes para aterrizar en la punta del obelisco como un evento olímpico. Le dieron al mercado el nombre de la abuela y una delegación de vendedoras depositó una corona de verduras y flores al pie del obelisco. Fue un detalle muy agradable y noble como homenaje a una persona que invirtió su vida mejorando lo que una vez era un verdadero potrero baldío con barro, vacas y caballos entre los estantes de verduras y hortalizas. Yo dije unas palabras de agradecimiento y se me nublaron los ojos, no por culpa del sol sino por las memorias, descubriendo que la abuela era más grande que su abrazo. Una gran parte de mi niñez y juventud corrió por estos terrenos, ayudando a la abuela o empujando una carreta con varios bultos y canastas. Era aquí que se vendían esas sandías con tu nombre, María Eugenia. Tú sabes bien cómo te paseabas entre estantes levantando el pensamiento libidinoso de los hijos de provincia con tus falditas a medio muslo y esa mirada coqueta que trastornaba. Recuerda cómo el obispo te aconsejaba usar más pudor.

Como de costumbre, llovió al final de la ceremonia y pasé el aguacero con el alcalde en su mesa del café en la esquina de la plaza. Josefina había hecho varias docenas de empanadas y panderos que fueron prácticamente devorados por los asistentes. El alcalde dio una serie de brindis con aguardiente a nombre de todos los proyectos que mis abuelos habían iniciado o ejecutado. Yo no tengo mucha resistencia por el aguardiente dado que soy más consumidor lento de vino. Luego de varios tragos y elogios mis piernas se aflojaron y me quedé sentado por bastante tiempo esperando un flujo de fuerza para caminar a la casa arriba en la loma. No llegué a la casa hasta pasada la medianoche reclinado en el hombro del personero que se ofreció a llevarme de la mano. Caí como un bulto de papas durmiendo hasta el mediodía del día siguiente. Josefina me despertó con arepas y café negro. En realidad, casi sin darme cuenta he envejecido bastante. Más de lo esperado. El calendario me dice que ando acercándome a los ochenta y mi cuerpo parece estar de acuerdo. Todo parece tan breve como si fuese solamente ayer que nadé contigo en el canal de riego. Te fuiste hace casi cincuenta años y te he cargado en mi corazón por una eternidad. Nadie te ha podido remplazar. La canción dice que quiero *"estar en ti de la misma forma que estás en mí"* y así ha sido. ¿Por qué?

Postludium Secundus

Mirenchu, mi amor.

Finalmente me rendí a los suplicios de mis sobrinas apoyadas por el párroco y unas tías. Decidí organizar un viaje al Camino de Santiago. Inicialmente deseaba hacerlo desde Francia, pero por asunto de tiempo haremos solo la porción de España o lo que se llama El Camino Francés. Saldríamos de St Jean-Pied-de-Port en la frontera de Francia y España cruzando los Pirineos para llegar a Santiago en treinta días con un día de descanso en León. Caminaríamos entre veinticinco y treinta kilómetros cada día o sea algo así como ocho horas a media marcha de cuatro kilómetros por hora. Mis subidas a las montañas me han fortalecido las piernas y tengo los pulmones y corazón en buena condición de acuerdo con el examen médico impuesto por voluntad de las tías temerosas de mi incapacidad para realizar la jornada. Pasé dos días internado en el hospital mientras me hacían toda clase de exámenes. Me sacaron muestras de todos mis flujos, examinaron la capacidad de mis pulmones y la resistencia de mi corazón antes y luego de caminar en esa cinta de correr. Hasta me hicieron una colonoscopia por no sé qué razón. Para sorpresa me pronunciaron en buena condición y capaz de ir a la luna. Reconozco la vejez, pero existe la voluntad que puede tomarse como terquedad. Tal vez no pueda decir lo mismo de mi mente, pero eso es otro asunto. Mis sobrinas se han entusiasmado y he tenido que disuadirlas de llevar maletas repletas de vestidos y zapatos. Cada una llevará solamente una mochila con no más de veinte libras de equipaje. Cada una tendrá dos de cada cosa que se pueda lavar y secar de noche. Esto no fue bien recibido, aunque les hice caminar por un sendero con la mochila y al final me dieron la razón. Las tías se han entrometido a determinar qué clase de vestidos llevar, pero les he mostrado el buen surtido en varios catálogos para caminantes. Les compré botas de excursionista con medias gruesas de lana para mantener los pies secos y evitar ampollas. Yo he caminado por semanas por los caminos de Francia y Alemania con casi la misma ropa. Para ellas este era un asunto de moda pero para mí es cosa de utilidad. El Camino no es un desfile de modas. Es un peregrinaje. Una marcha enfocada a un lugar sagrado respetando la tradición de varios siglos. Al cabo de dos semanas el correo trajo las compras y ahora todo es alegría. En St. Jean, al pie de los Pirineos, obtendremos el "Pasaporte del Peregrino" para hacerlo sellar en cada posada y así obtener la "Compostela" al final. Vamos a volar hasta París y de allí bajar por tren a Burdeos para transferir a un autobús que nos llevará a St. Jean. Quiero que ellas vean el paisaje de Francia como preámbulo o contraste al paisaje de España. Todo se reduce eventualmente al paisaje. Es el lugar donde somos. La geografía es importante. Esta es una gran aventura para todos y muy especialmente para mí luego de una vida de vagar por el mundo. Hacer esto con mis sobrinas es como una ceremonia de pasar un estandarte en una marcha final.

Llegamos a St. Jean a media tarde y nos hospedamos cerca de la ruta hacia Roncesvalles. Desde la calle se ve la imponente pendiente y la carretera que empieza a zigzaguear por la ladera. Parece todo muy sencillo. Mis sobrinas insistieron en comprar bordones y conchas de Santiago (*vieiras*) para colgar del cuello y mostrar su carácter de peregrinas. La *vieira* o escalope u ostión es un símbolo de bautizo que se convirtió en símbolo de la peregrinación. La imagen sirve para marcar la ruta pintada en amarillo por varios lugares. Están muy concentradas en la apariencia mucho antes de dar el primer paso en el Camino. Hay en todo la anticipación de hacer algo y pensar que todo saldrá tan fácil como salir de la cama y caminar a la cocina. Esto está bien. Se necesita una buena dosis de esperanza y arrojo para hacer esta caminata de más de setecientos kilómetros sobre una geografía desconocida con la ignorancia de no saber cuánto se puede aguantar. Mañana llegará mucho antes de lo esperado. Santiago está a ocho centímetros en mis mapas. No puede ser tan lejos.

Nos levantamos muy temprano y emprendimos con bastante trepidación la subida a Roncesvalles en medio de la neblina. Aquí fue derrotado Carlomagno y murió Rolando en el siglo VIII bajo el ataque de las tribus vascas. No esperábamos tener el mismo fin, pero el ardor en las piernas dio evidencia de la fuerte pendiente del camino y nuestras nueve horas de marcha consumiendo mucha agua. Los Pirineos son montañas de verdad y se comen a los caminantes incautos. Cenamos con salchichón, pan y queso antes de caer dormidos (mejor decir muertos) sobre el piso del albergue usando las mochilas como almohadas y unas cobijas prestadas para calentarnos durante la noche. Es verano y el clima es benévolo aunque bastante frío para nuestros cuerpos tropicales. Antes de dormir, masajeamos las piernas con ungüento de árnica para controlar el dolor y evitar calambres. Nos despertó el bullicio de otros peregrinos preparándose para bajar hasta Zubiri con varios grupos deseando llegar hasta Pamplona a casi el doble de la distancia. Empezamos a ver que en el Camino hay peregrinos y caminantes. Los unos marchan lentamente por etapas hacia el fin propuesto mientras que los otros parecen tomar parte en un evento de atletismo. Nosotros tratamos de tener la prisa de cada día en lugar de una ambición por llegar a Santiago lo más pronto posible. Tomando café y comiendo emparedados de pan y queso rodamos hasta Zubiri por una pendiente espantosa. Había lloviznado por la madrugada y la trocha se veía fresca y hospitalaria como esperando tragarnos de un sorbo. Llegando a Zubiri en seis horas nos dio tiempo para lavar ropa en el albergue, colgarla a secar y merodear por las tiendas. Estábamos cansados y embarrados pero no rendidos. Los bordones fueron muy efectivos para mantenernos equilibrados sobre el camino que a causa de las lluvias estaba muy resbaladizo con barrancos profundos ocultados por la niebla. Nos habían dicho que esta era la parte más peligrosa del Camino y en realidad lo fue. Pudimos ayudar a varios peregrinos con mochilas muy pesadas a levantarse de resbalones y seguir marchando como mulas. Aquí pudimos apreciar lo liviano de nuestras cargas. Encontramos un restaurante-bar donde mis sobrinas devoraron tortillas de huevo y papa con vasos de vino rojo. La rutina de cada día empezaba a tomar forma. Llegando a Pamplona al día siguiente con la misma velocidad al caminar nos animó mucho. Así pasamos de Navarra a La Rioja con viñedos a lo largo del camino y una fuente que nos ofrecía una copa de vino rojo. Estos son lugares familiares para mí por un tiempo muy temprano pasado en ellos. El final de nuestra primera semana nos encontró en Logroño, la capital de La Rioja sobre el río Ebro. La rutina diaria estaba establecida y marchábamos ya como veteranos unidos a otros caminantes que nos ayudaban con su charla a olvidar esa ansiedad de querer llegar. Mis sobrinas gozaban de la compañía de jóvenes de su misma edad franceses y alemanes con un salpicado leve de españoles. Paramos por un buen rato en Burgos para visitar la catedral y la tumba del Cid en el piso de esa nave central que no parece contenerlo. Mis sobrinas se deleitaron con el romance de la historia y poder sentir su presencia a lo largo de la Avenida del Arlanzón desde la Plaza de Mio Cid hasta el Arco de Santa María que funciona como la puerta de la ciudad al frente de la catedral donde las huellas de Rodrigo Díaz de Vivar y doña Ximena parecen estar tan frescas como en el siglo IX. Es un sitio imponente repleto de historia que conjura ideas en la mente y el corazón muy por encima del cansancio en los pies.

No podía olvidar que a lo largo del camino a través de Cataluña, La Rioja, León, Palencia, Burgos y

Galicia estaban ocultos una gran porción de los millares que perecieron en la Guerra Civil o fueron internados casi de por vida en prisiones que en otros tiempos eran monasterios, como en Valencia en el Sant Miquel dels Reis; o grandes obras de arquitectura para enjaule humano, como el imponente Penal de Burgos. Miles fueron desechados como basura en las zanjas al borde de carreteras sin rastros de su paradero final. Por encima de las ideologías y posturas políticas estaba un pueblo desapercibido y temeroso. Atravesando estos pueblos casi abandonados por bastante tiempo se extraña dónde está la población, ¿quién falta? ¿Cuánto hace que faltan? Hay voces en los bosques y en las vegas de riachuelos que todavía levantan consignas y murmullos demandando una audiencia de justicia. Un regreso al suelo natal en una sepultura digna. El clamor de seiscientos mil muertos por ambos lados no puede ser acallado tan fácilmente. ¿Fue esto realmente necesario? ¿Dónde estuvo el provecho? Así caminamos tratando de no pensar en lo pasado manteniéndonos enfocados en llegar a esa Plaza del Obradoiro en Santiago de Compostela. Puede bien ser que allí Santiago Apóstol patrón de España ya puede haber perdonado las masacres y el inútil derrame de sangre estando listo a ofrecer una bienvenida de paz y concordia. Borrón y cuenta nueva. Los pasos de los peregrinos pueden ocultar el clamor de los olvidados.

Al final de la segunda semana estábamos en Fromista luego de una jornada de cuarenta kilómetros entre Burgos y Castrojeriz el día anterior que nos tomó un poco más de diez horas. Fromista parece haber estado cautiva en el pasado. Tiene menos de mil habitantes pero es un centro convergente de peregrinos en el Camino. El terreno es plano durante muchos kilómetros así que pensábamos que sería bueno para las piernas, pero resulta que marchar sobre lo plano cansa más que en las pendientes. Se puede ver mejor el horizonte y sube la ansiedad de llegar pronto a esa línea. Se cansan la mente y el cuerpo. Estábamos ya en León y Palencia, en medio de los lugares que engendraron el Imperio Español del siglo XVI, luego de la derrota de los moros y el descubrimiento de América. Nada parecía haber cambiado. Nos sorprendía la buena condición en que todos estábamos a pesar de la poca actividad física que teníamos en común. Una francesa de ochenta años caminaba con nosotros y daba gran muestra de potencia causándonos aumentar el paso para mantenernos a su lado. Claro que ella hacía esta clase de caminata cada año por esa red de caminos pedestres en Francia y Alemania. Yo no delataba mi edad pero su presencia me animaba gratamente. Compartíamos la edad pero no el cansancio y mi terquedad. Es todo más asunto de voluntad que de edad. Su caminar firme y apresurado muy a menudo nos dejaba atrás pero siempre la encontrábamos en los albergues ofreciéndonos conversación y ánimos.

Para mediados de la tercera semana estábamos en León, luego de varias jornadas de diez horas sobre la meseta que nos hizo ver la riqueza de la provincia con trigales y cultivos por cada lado del Camino. Aprovechamos el día de descanso para dormir tarde en la mañana y pasearnos por el centro de la ciudad visitando la catedral y el Monasterio de San Isidoro además del mercado con su surtido espectacular de fruta. La catedral es un pastel de bodas repleto de filigrana barroca en piedra y enormes vitrales mientras que el convento es un lugar muy sobrio con un *scriptorium* donde a través de los años los monjes copiaron no solo las Sagradas Escrituras sino también las partituras de música de los siglos antiguos. Traduciendo inscripciones del latín para mis sobrinas impresionamos a un monje que nos observaba y nos dio una gira por el convento y el *scriptorium*. Pudimos remontarnos entonces al siglo X y compenetrarnos un poco más en la historia para darle mayor sentido a nuestro esfuerzo. No podíamos comprar mucho en el mercado por el asunto de restringir el peso de la mochila pero encontramos mucha dicha con melones y unos higos negros de gran tamaño.

Para el fin de semana estábamos en la antigua localidad romana de Astorga (Asturica), famosa por las minas de plata. Fue aquí que Hernán Cortés introdujo cacao a Europa y promovió la fabricación de chocolate en una industria que surtió al continente por varias décadas. Nos faltaban apenas doscientos treinta kilómetros para llegar a Santiago. No parecía ser un tramo muy largo. Encontramos en todos nosotros un sentido de victoria que nos da más ánimo. Son apenas quince centímetros en el mapa pero hay mucha geografía de por medio.

Luego de Astorga el camino se tornó más montañoso. Al cabo de cuatro días escalamos el pico de O Cebreiro en el borde con Galicia. Tiene una pendiente tremenda hecha peor por el viento y el frío. Es tal vez peor que la subida a Roncesvalles. Fue una marcha lenta de treinta kilómetros que nos tomó nueve horas mirando con envidia a los rebaños de ovejas que subían apacibles por las faldas sin pensar en la gravedad de la pendiente. Daban ganas de ser cordero. Yo llegué exhausto y decidí acostarme casi inmediatamente mientras mis sobrinas lavaban la ropa y buscaban cena en un restaurante local. Noté que llegaron tarde en la noche con efectos de varias copas de vino y mucho jolgorio. Era una manera de relajarse. La jornada del día siguiente hasta Sarria sería cosa de cinco horas, pero nos tomó siete con las sobrinas vomitando al borde del Camino o descansando para recuperar fuerzas. Nos faltaban cuatro días para llegar a Santiago y no era prudente forzar el ritmo. A pesar de todo, nuestros cuerpos y mentes estaban exhaustos. Había mucha distancia por absorber junto con historia y geografía. El día de descanso en León nos había servido bien, pero la subida a O Cebreiro nos quitó la energía renovada. De todas maneras, ya estábamos en Galicia y Santiago de Compostela nos esperaba. Yo ya había hecho reservaciones en un hotel local para gozar del lujo de agua caliente y camas cómodas a la llegada a Santiago. Al final de cada día le enviaba una tarjeta postal a Francisco para informarle de nuestra vitalidad. Lo había invitado a caminar con nosotros pero él no quería salir lejos de Graciela y su laboratorio repleto de quinceañeras en flor. Cada cual forja su ancla a su manera.

La jornada de cuatro días de Sarria a Santiago fue como una marcha triunfal rodeados del verdor de Galicia caminando por *correidoras* y cursos secos de cañadas. Llegar hasta la catedral y detenerse en la Plaza del Obradoiro lo llena a uno de un gran sentido de haber hecho algo de gran nota. Fueron setecientos sesenta y nueve kilómetros y este era el final tan ansiado. Bastaba entrar por un lado al sepulcro del apóstol, subir por las viejas gradas de granito para tocar el envase metálico que contiene los restos, dar una breve oración y acercarse luego a la oficina del Camino para refrendar el Pasaporte de Peregrino y recibir una Compostela con el nombre propio en latín. Eso era de manera sencilla lo que proponía el Camino. Caminar, llegar y celebrar. Claro que existían otras consecuencias más grandes que los callos y el cansancio en las rodillas. Cada peregrino tenía su experiencia y forjaba una indulgencia a su manera.

Luego de dos días de turistear por la ciudad y empezar a comprender el significado y talla de nuestra caminata llevé a mis sobrinas por tren a Barcelona para pasar una semana haciendo compras y visitando monumentos. Les compré maletas y ellas se dieron completamente a la labor de llenarlas atraídas por las ofertas del Passeig de Gracia, Plaza de Catalunya y otras localidades.

Regresamos felices a Roldanillo con mucho para contar, piernas endurecidas y un poco de peso perdido bajo el calor y la marcha del camino. Perdí dos tallas en los pantalones y decidí comprarme un traje en El Corte Inglés, cerca de la Plaza de Catalunya, donde el sastre comentó muy gentilmente sobre mi estado físico a pesar de la edad. Me siento realmente invencible. No es recomendable para gente de mi edad emprender esta caminata pero me ha dado tremenda satisfacción el poder hacerlo. No sabía que tenía tantos kilómetros en mí. Por todas apariencias soy tal vez un verdadero trotamundos como ese judío errante de ficciones antiguas. Me puedo comparar también a ese viejo Buick que el abuelo mantenía guardado en un galpón todavía preparado mecánicamente para correr por las carreteras.

Es muy posible que el apóstol Santiago favorezca a sus peregrinos sin importarle la cantidad o naturaleza de su fe o edad. Peregrinos de toda Europa han caminado desde sus moradas por más de diez siglos para poder posar sus manos sobre el catafalco del apóstol y ofrecer una oración de agradecimiento. Muchos entran a la catedral a maravillarse por el despliegue de arte barroco en piedra y ese enorme *botafumeiro* (incensario) que reparte humo de incienso que en tiempos pasados servía para ocultar el hedor de peregrinos con el sudor acumulado por semanas en el Camino sin lavar cuerpo o ropa. En esta esquina de Galicia el mundo parece más cercano y caminable. Hay un aire de gracia en todo el entorno. Todo es estrecho y tierno como un abrazo. Claro que también hay pobreza y desesperación.

El obispo se enteró por Josefina de mi viaje a España y la caminata. Le había parecido una locura dada mi edad pero ahora estaba celebrando la jornada como un milagro. Regresar sano y salvo representaba un acto de Dios que merecía ser celebrado. Me citó al palacio episcopal en un extremo de la plaza para que le diera pormenores de la jornada. Así, baje por una mañana y almorzamos hablando del trayecto y la manera del tránsito por la diversidad de terrenos. Cómo se compaginaba uno cada día con la etapa y nada más sin ansiedad por llegar al final. Cada día tenía su propio final. Cada día aumentaban las fuerzas y el vigor. Arrastrando mis ochenta años con sobrinas a un tercio de mi edad me llenaba de pujanza y un cierto orgullo machista. Dormir casi nueve horas cada noche me reconstituía para la siguiente jornada. El silencio del día acompasado por el sonido de nuestros pasos por arena o tierra seca promovía una especie de meditación amplificada por la geografía. Cruzamos viñedos y trigales, bosques de eucalipto y abedul, solares con vacas y ovejas, llanos sin sombra y túneles verdes de arce y roble. Marchamos ensopados por lluvia y sudor y nos detuvimos muchas veces a admirar el paisaje que nos estaba absorbiendo en su dimensión extraordinaria. Encontramos a cada paso las ruinas del pasado preservadas u olvidadas. Cruzamos riachuelos y pantanos que refrescaban los pies y la jornada. Pudimos ver desidia y esperanza junto con zarzas repletas de moras y fuentes de agua pura casi helada que nos renovaba la energía. Las sobrinas charlaban con extraños en ese entusiasmo de juventud y curiosidad en un medio igualmente extraño confiando ciegamente en la paz de la jornada. Se acostaban junto a mí como cuando eran chiquitinas deseando estar muy cerca de su tío. No parecían ser remoras sino mariposas posando sobre una flor vieja pero aún perfumada. Este tío que les había dado tantas aventuras estaba ahora llevándolas a una edad mayor. El afecto era genuino y el dolor en los músculos se disipaba en el lecho compartido. Estábamos acoplados como un equipo integral de caminantes. El obispo mencionó la jornada en su sermón del domingo, creando más curiosidad en la comunidad y causando una ola de visitantes ansiosos de oír detalles y ver por sí mismos al sobreviviente de la gran aventura. Les dejé a mis sobrinas hacer los relatos mientras yo tomaba mi siesta habitual. Un anciano tanto como un héroe necesita su descanso.

Francisco vino hoy por la mañana para darme la bienvenida y enterarse de los pormenores de la caminata. Apreció las postales que puso sobre la pared en una especie de monumento memorial. Ya lo veré cuando baje a Cali. Me traía una caja de vino de Rioja Gran Reserva de esas Bodegas Berberana en Cenicero al oeste de Logroño en las riberas del Ebro que yo había visitado muchos años antes. Lo encontró en una bodega promocionado como algo especial y probablemente costoso. No dudó en ponerlo a mi cuenta. Trajo también la correspondencia de mi estudio en Cali. Venía acompañado por Gabriela. Yo estaba en el patio, arropado en una manta, jugando con Negus que convalecía de su operación de esterilización. No más producción de gaticos. Mis alergias han estado muy activas desde mi regreso y Josefina me tiene bajo un régimen de manzanilla (ese vino claro de Jerez de olor punzante) con miel de abejas y pandebono. No creo que esto sea muy medicinal pero me deleita. Es sencillamente asunto de mis senos nasales re-acostumbrándose a los viejos polvos y pólenes. Quisiera nadar en la alberca pero hay mucha gente a toda hora que me causa estar cubierto fingiendo sueño. Siempre he tenido esa sensibilidad nasal y a veces hago irrigaciones con aguasal aunque preferiría nadar en el mar para bucear en los arrecifes de coral.

Francisco abrió una botella del Rioja y procedió a darle una gira de la casa a Gabriela. Pasaron mucho tiempo en mi estudio hojeando mis cuadernos de dibujos y merodeando por mis libros como exploradores buscando un tesoro. Viven tocándose el uno al otro a todo momento. Su intimidad es inminente y evidente tanto como un poco fastidiosa. Gabriela estaba muy interesada en saber si los había leído todos o si eran solo objetos de decoración. Le recordé que en un tiempo pasado yo tuve una fiebre de leer y devoré libros a un paso de tres o cuatro al mes. Mis libros de notas alineados en los estantes dan testimonio de esas jornadas a bordo de una mesa o una poltrona. Tienen mis apuntes y reacciones. Le contesté una lista grande de preguntas sobre contenido y expandí sobre varios temas impulsado por amor propio que pudo ser confundido por soberbia. Pedí excusas y terminé el vaso de vino para pronto empezar otro. Ella se sonrojó un poco y me abrazó hundiendo mi cara en sus orbes casi sufocándome. Me quedó en el olfato el olor dulce de su perfume. Tenía algo de rosa y bergamota. Esto puede ser tan benéfico como un buceo en el mar tropical.

Es necesario dejar que el vino encuentre la verdad por esquiva que pueda ser. *"In Vino Veritas",* como decía Plinio, el Viejo. El Rioja me lleva a otros recuerdos del Camino y a un verano en una edad más temprana en Logroño, cuando caminé por toda la región de la Rioja, la Rioja Alta, la Rioja Baja, la Rioja Alavesa, Rioja en fin por todas partes y porciones de Navarra a lo largo del Ebro. Participé en festivales de vendimia y de religión con sus corridas de toros y celebraciones de una vida repleta de gozo a pesar de la pobreza y la política. No me ha gustado alardear sobre viajes o lecturas por una convicción propia iniciada por las enseñanzas del abuelo. Saber es para mí un asunto privado que apoya expresión en lugar de un fanfarreo que solo sirve para aterrorizar a los burgueses (*épater la bourgeoisie*) como decían los poetas decadentes a fines del siglo XIX.

Con Francisco sentado al otro lado de mi mesa pude escarbar dentro de mi correspondencia encontrando una que otra cosa de interés. Muchos quieren venderme algo que no necesito y otros quieren solicitar algo que no quiero dar. Tuvimos una tarde muy apacible y congenial bajo un sol muy benigno que se filtraba indirectamente sobre el patio como afirmando levemente su presencia. Parece que ese sol me había seguido desde León o Sarria hasta Roldanillo. Los *koi* danzaban en círculos con sus colores de rojo, negro, amarillo y blanco indiferentes al correo o el correteo a su alrededor. Los he tomado por descontado desde el principio pero han sido fieles y dan un cierto tono artístico a la alberca moviéndose lentamente entre los nenúfares, la lechuguilla, los juncos y las estatuas. El doctor Otawa de la Granja Experimental vino varias veces a ver cómo se habían adaptado y los pronunció muy saludables y listos para multiplicarse. Dudo que los peces esperasen esa orden para reproducirse como colegiales en el verano. Josefina los alimenta de acuerdo con la mezcla de comida formulada por el doctor Ozawa y se siente como su nodriza mostrando y explicando lo que son a cualquier visitante. Basta esperar cuántos pececillos van a producir. Ciertamente será un asunto más complicado que los gaticos de Negus. No hay manera de esterilizarlos.

Hacia el atardecer ya habíamos consumido una botella de Rioja cuando llegaron mis sobrinas y las tías para celebrar mi cumpleaños que yo estaba guardando en secreto precisamente para evitar fiestas. No es que no me gusten las fiestas pero no quiero tenerlas ahora a mi edad. Un hombre viejo necesita soledad. El entusiasmo y las referencias a tiempo y condición sobran y de verdad me aburren. Mi edad es un regalo de genética en lugar de conducir la vida correctamente de acuerdo con los protocolos médicos. Es un descenso de Roncesvalles a Zubirí más que una siesta veranera bajo los olmos al lado de un lago en Michigan. Una vez concluida la caminata por el Camino mi cuerpo decidió adolorarse como para darme una lección o darme tiempo para recuperar el tono. El cansancio de treinta días emerge lentamente de pies a cabeza. Quiero estar tendido sobre un sillón suave de espuma densa forrado en gamuza con una copa de vino gozando de una embriaguez leve. Como siempre, Josefina estaba plenamente metida en la confabulación del cumpleaños. Produjo un pastel con una copia de la portada de mi último libro en gelatina de colores. En lugar de velas puso bengalas que llenaron el patio de luz y causaron gran deleite en todos. Sin pensarlo dos veces, las mujeres se desnudaron y empezaron a danzar alrededor de la alberca con más bengalas en la mano. Las sobrinas se ufanaban de la nueva firmeza de sus piernas y caderas. Josefina marchaba a la cabeza todavía vistiendo su delantal. Gabriela sacudía sus enormes senos de gelatina con sus pasos largos como una jirafa y Francisco se quedaba sentado a mi lado estupefacto tratando de comprenderlo todo como alguien arrollado por un tren. Todas cayeron finalmente sobre mí en un abrazo odalisco muy abrumante. Francisco no sabía qué hacer o decir o dónde poner sus manos. Gabriela las tomó y las puso sobre sus pechos aumentando la consternación de mi amigo. ¿Qué hacer con manos repletas de pecho? Como gesto final los pantaloncitos terminaron colgados del alambrado. Una nueva tanda de oraciones a los dioses budistas que tuve que explicar a Francisco. El vino empezó entonces a fluir como un río crecido. De manera inesperada llegó el obispo causando un movimiento apresurado a vestirse con lo primero que se podía alcanzar. Luego de la charlita de costumbre, el obispo me dio una bendición poniendo sus manos sobre mi cabeza y haciendo una cruz con aceite consagrado (crisma) en mi frente. Era una forma indirecta de extremaunción que acepté por sus buenas intenciones. Parece que hay una edad en que se deben marcar a los feligreses para despacharlos al más allá con las mejores marcas por si acaso. Nunca sabemos el momento exacto de la partida. Este asunto de la crisma puede ser parte de un sistema de correo espiritual, como un sello que garantiza la entrega. Las mujeres habían huido en grupo hacia la cocina, junto con Francisco, y apenas salió el obispo regresaron a seguir la danza y consumir unas botellas más de Rioja. Unas terminaron cayendo en la alberca causando mucha risa. Eventualmente el grupo entero terminó durmiendo en mi cama y en las poltronas del estudio mientras Francisco y yo nos quedábamos en el patio fumando cigarros y observando el plenilunio en medio de la neblina en nuestras mentes. Hay cierta libertad en no tener que responder a urgencias sexuales. Hay un momento en que nos sobreponemos a todos los deseos como en la entropía de la Ley de Termodinámica. Todo se retrasa hasta la nada del principio.

Por la mañana hice un esfuerzo por investigar en mis libros sobre las prácticas de las religiones griegas este asunto de la danza de ninfas. Las referencias me llevaron a prácticas en Egipto y Mesopotamia en ritos de fertilidad, aunque no en celebraciones de cumpleaños. Se puede derivar dialécticamente que un cumpleaños nace de un evento de fertilidad, pero hay límites éticos y retóricos a estas especulaciones. Todas se levantaron eventualmente a media mañana y Josefina preparó un desayuno enorme y variado ayudada por Gabriela que con sus casi dos metros de estatura contrastaba ante la más pequeña Josefina que tropezaba a cada momento con esos senos que parecían globos repletos de agua posados en una repisa. Francisco durmió hasta el mediodía cuando el desayuno estaba en su fase final. Con su libido trastornado se mantuvo pegado a Gabriela como ese colegial que se pegaba a María Eugenia el día de su cumpleaños. ¿Recuerdas esto Mirenchu? No sé qué le diste o cómo te zafaste de él pero

nunca más lo vi a tu lado. Era tal vez uno de tus caprichos que no pareció satisfacerte como muchos otros.
Nunca se satisfacen las sedes que nunca hemos tenido.

Postludiun Tertius

Para el atardecer se fueron todos. Francisco se llevó dos botellas de Rioja para su alacena y Gabriela me sofocó contra sus senos en un abrazo fuerte y tierno dejándome otra vez oliendo a rosa y bergamota contrastando con el aroma de aceite de oliva y bálsamo que había dejado la crisma por parte del obispo. Tal vez saber que no la persigo sexualmente aumenta su actitud maternal o es asunto de edad y ese contraste condescendiente entre juventud y vejez. Graciela anda en los últimos veintes que yo pasé hace bastante rato. No soy sicólogo y no pienso serlo. El abrazo así me agrada sin muchos encajes y adornos mentales o fisiológicos. Ella afirma su persona con gracia y sensualidad que mantiene a Francisco siempre al borde del ardor. Es algo suave y tierno que da su medida exacta de placer. Los peces continúan nadando en círculos como en los lienzos de Monet. Me quedo solo en el estudio contemplando las montañas desvanecidas por la neblina y rayos de luz penetrando las nubes. Hay una tormenta en la cordillera. Los relámpagos trazan sus rutas sobre el cielo púrpura seguidos por el eco de truenos. Es un espectáculo a la vez hermoso y escalofriante. Pongo a Duke Ellington en el fonógrafo y la noche empieza a caer por pedazos. Las melodías empiezan a fluir…*Ca-*

ravan... Satin Doll... Take the A Train... In a Sentimen-
tal Mood... The Mooche... y sentado en una poltrona
me deslizo lentamente a soñar.

Me veo saliendo de mi cuerpo sentado en la poltrona. Subiendo por el aire con alguien que me apoya
por el codo. La niebla gris y lila cubre la casa y el patio.
No puedo hablar pero entiendo que vuelo en el aire, a
través de las nubes en una espiral suave. Llegamos a un
lugar con niebla más espesa y oscura. Una luz amari-
llenta se filtra por áreas y sombras se escurren a mi
lado. No huele exactamente a azufre pero hay un olor,
mejor digamos hedor, que no es placentero. Se puede
vislumbrar un portal con un aviso igual o similar al de
Dante en la puerta del infierno en el canto III de *La di-*
vina comedia:

> *"Per me si va ne la città dolente,*
> *per me si va ne l'etterno dolore,*
> *per me si va tra la perduta gente.*
> *Giustizia mosse il mio alto fattore:*
> *fecemi la divina podestate,*
> *la somma sapienza e 'l primo amore.*
> *Dinanzi a me non fuor cose create*
> *se non etterne, e io etterno duro.*
> *Lasciate ogne speranza, voi ch'intrate.*

> *Por mí se va a la ciudad doliente,*
> *por mí se va al eterno dolor,*
> *por mí se va tras la perdida gente.*
> *La justicia movió a mi alto hacedor:*
> *Hízome la divina potestad,*

la suma sabiduría y el primer amor.
Antes de mí ninguna cosa fue creada
sólo las eternas, y yo eternamente duro:
¡Perded toda esperanza vosotros que entráis!".

Había pensado que esto era un invento de Dante sin ninguna relación al tránsito por el infinito. Quiero entrar por mera curiosidad pero mi guía empuja más fuerte mi codo y me eleva con fuerza hacia arriba. Todavía no sé si sueño o estoy despierto. Llegamos en las nubes al borde de un precipicio. No encuentro una base para mis pies. Hay mesas y promontorios de niebla por todas partes como en el Valle de los Monumentos en Arizona. Pero todo es blanco con una luz azulosa cerúlea y un murmullo como de hojas rodando en el otoño. El cielo lejano es azul oscuro. En realidad no sé dónde estoy pero no tengo temor alguno. Me siento en una banca larga con otra gente sin poder distinguir las caras. Esto parece ser una estación de ferrocarril que no reconozco No es la Estación de Waterloo en Londres o la Gran Estación Central en Nueva York. ¿Qué puede ser? Tal vez es solo una banca larga en medio de una nube. Por todas las apariencias es una estación de algo, pero no veo un contexto arquitectónico o mecánico que me pueda informar con certeza. No sé que manera de transporte esperamos. No hay sonidos mecánicos o tableros de ruta. Falta el eco de los anuncios en los altoparlantes. Al cabo de un tiempo indeterminado la banca se inclina y somos precipitados al aire flotando hacia campos con el esbozo de bosques y riachuelos. Todo es blanco aún pero un poco de color empieza a emerger. Caemos suavemente sobre un potrero. Ya se puede ver mejor la fisonomía de gente y lugares. Hay gacelas corriendo en la distancia con gente sentada bajo árboles que parecen robles o nogales. La hierba es suave y corta cubierta de roció multicolor. Se ven senderos con filas de gente marchando alegres hacia unas cimas en la distancia. Caminando un poco más se puede oír el leve sonido de trompetas como una Big Band. Suena como *Caravan* de Duke Ellington con un acento más fuerte de tambores, trombones y saxofones. Nos movemos al son de la música acelerando el paso para llegar a una cima. Es como una jornada del Camino. Un valle enorme se presenta debajo de nosotros con gente congregada en grupos. Alguien reconoce a alguien y hay carreras, encuentros y abrazos. Todavía no veo a alguien que conozco. Ese vino de Rioja debe ser algo bien potente. Mi vista está nublada. Debo tomar nota para el futuro por si acaso.

Desde aquí, sentado en el tronco de un árbol puedo ver gente en el patio de mi casa corriendo agitados alrededor de la alberca, una ambulancia aullando en la calle y un cuerpo sacado del estudio. Tal vez soy yo, pero no tengo idea. Se ve poco desde esta distancia. Los *koi* continúan su nado impávidos y pantaloncitos se agitan sobre el alambrado enviando sus oraciones arriba de la niebla. A mi alrededor hay conejos, ardillas, patos, titiríbes, ruiseñores y un campo de sandías. Hay también una zanja de riego con truchas mordiendo los cogollos de anacaris en el fondo. Alguien me coge otra vez por debajo del hombro y volamos hacia otra cima desde donde se ve una cordillera con valles repletos de gente en túnicas de todos los colores. Parecen ser de lino u organza y van de los hombros hasta los talones. Mirando hacia abajo puedo ver una gran procesión con una banda al frente tocando algo de Mozart, un grupo de monaguillos con bengalas y una carroza seguida por mucha gente. Mujeres con túnicas cortas (chitones dóricos) de seda danzan detrás de la carroza seguidas por hombres en trajes de lino blanco y sombreros de paja de toquilla cargando coronas de flores. Seguramente los chitones fueron idea de las sobrinas copiados de un libro de arte griego. Pude ver a Francisco y Graciela caminando al lado de la carroza. Los tacones altos y el esfuerzo por caminar sobre tierra mal nivelada y grava quebrada con una faldita muy breve hacían temblar sus enormes pechos ante la mirada expectante y muy libidinosa de Francisco listo a cogerlos si se caían. Daban ganas de ponerle una venda o darle una manija de paracortos. Llevaron la caja hasta la sombra de un manzano para depositarla luego en una tumba una vez terminasen las oraciones y discursos. No podía oír lo que decían pero lo sospechaba. Un ángel de mármol con un libro y pluma en la mano estaba ya sentado en la cabecera de la tumba. Lazzaro había hecho un buen trabajo imitando el ángel del abuelo. Muy cerca podía ver las tumbas de la abuela y el abuelo con su ángel y los lirios que planté en la Navidad pasada. Así me di cuenta de que quien estaba en la caja era yo y mi sueño no era más que una jornada al más allá. No sentía emoción alguna por todo lo que veía. Estar allá o estar aquí no importaba. Toda mi vida había estado por encima de todo. Tal vez entre ambos lados. Mi trabajo había consistido en observar y comentar sobre la condición humana en toda su expresión y lo había hecho con lujo de detalle y producto. No tuve afiliaciones de partido o movimiento. Caminé en mi propia trocha abriendo las necesarias brechas. Estuve siempre apasionadamente enamorado de mi trabajo y de una chica que me dejó antes de poder abrazarla y responder a su beso en una edad más temprana. Para mis abuelos fui el Señor Galahad de sus sueños arturianos alcanzando el Santo Grial de escribir y publicar. Estar muerto es realmente la segunda parte de la vida. Me entrego a ella de todo corazón. No sé que me deparará. Todo lo que debía hacer está hecho. Solo queda Francisco guardando los *gouramies*, persiguiendo a Graciela por siempre estupefacto y ardiente. Le he dejado mi estudio como un legado.

Postludium Quartus

Levantado por mis hombros sobre la cima puedo ver un sendero hacia un patio con linternas chinas. Hay mucha gente congregada celebrando algo. Entre más me acerco mejor puedo distinguir caras y voces. Varios salen con los brazos abiertos a encontrarme. Veo a la abuela al frente de todos, junto con el abuelo y José Antonio. Vienen también los productos de mi imaginación y pesquisa singular. Eleazar, Pompilia, Silvio, Fernanda, Gaspar, Matilde, Simón, Micaela, Alfonso, Mateo, Lorenzo, Jacinto, Martina, Betsabé, Cristóbal, Louis Auguste, Andrea, Pierre, Fabricio, Yusef…. Un poco más allá del patio está don Simón rodeado de sus lanceros con un uniforme blanco bordado en oro y esa espada que Petión le dio y que muchos se han desesperado en buscar y usar para otros fines. En la pradera se puede ver a Guajiro y Palomo trotando sobre las margaritas acompañados por Patrick O'Malley, Taddeo y Emeterio. Corre también Nevado, ese perro enorme todavía pegado a las piernas del Libertador. Cerca de don Simón están Sucre y O'Leary todavía contemplando la simetría de nombres como José Antonio y Antonio José. Están cerca Manuelita y José Palacios, todos vestidos de blanco, satisfechos de una labor bien hecha. Don Simón está feliz rodeado de su sombra ahora transparente. Está más liviano y refulgente. Todo es luz por primera vez. La sombra se ilumina para mostrar su fondo oculto. Todo emerge más claro y obvio. Este es el punto en que todo se revela en unidad y sin ambigüedades. Somos todos la extensión de nuestras sombras bajo la sombra de otros.

Al fin de todo se desvanecen las sombras y hay luz por todas partes. El lienzo en la pared se vuelve una ventana reflejando el otro lado desafiando la perspectiva y las leyes de física como las queremos entender en lugar de como son. Alguien reclamará pruebas contundentes con notas y citas más una bibliografía extensa y exhaustiva que cumpla con los requisitos insufribles impuestos por la academia o cualquier agencia de control intelectual. Nada de eso ocurrirá. Don Simón vive en la pureza de esa libertad sobre la esclavitud que él abrogó para todo un continente. Esclavitud de ser y libertad de no ser poseído. Fuera y lejos de contubernios por control y atentados mezquinos. Él vive incólume muy lejos del cautiverio en volúmenes de prosa y estatuas de bronce. Nada lo contiene y él lo contiene todo.

En medio de todo busco a María Eugenia. ¿Dónde está? ¿En qué lugar se esconde? La abuela me guía hacia don Simón montado en Palomo con Nevado a su lado. Con un tirón de la mano me sube a las ancas y Palomo con alas en sus patas galopa por el espacio sobre unas dunas cubiertas con brezo de cristal hacia el mar. Trazamos el borde de un espejo verdigris y rosa con arrecifes de jade y ónix. En la distancia se ven sirenas en un montículo cubiertas con sargazos de seda y tafetán. Allí está Maria Eugenia esperándome con su cola de perlas y nácar peinando su cabello. Me bajo apresurado. Corro para tenerla tierna en mis brazos como siempre lo deseaba. No se puede decir nada. No hay nada para entender. Todo es lo que es y nada más. A través de todos estos años el silencio es todo lo que se puede decir. Unos momentos después llega la abuela que nada también en las olas de este fantástico mar con su cola de plata martillada y escamas de caracola. Recuerdo ese mural en Agua de Dios con el panel de sirenas al lado de Bolívar. No era mitología. Era realidad. Me entero entonces de ese mar que cubría el continente con faldas de volcanes formando ensenadas donde las sirenas gozaban de su independencia lejos de los grandes saurios y pterodáctilos. Me entero del retiro de las aguas que formaron el Mar del Sur para recibir a Vasco Núñez de Balboa, otro protegido por las sirenas y perdido a traiciones nefastas y ambiciones insaciables. Lo puedo ver en la distancia con su cabeza repuesta sobre sus hombros y Leoncico saltando a su lado. Me entero de la herencia de las sirenas sobreviviendo en la nueva tierra en forma humanizada. De cómo se adaptaron ansiando una independencia tal como la que tenían antes en un medio vastamente diferente y corrupto muy por encima de sus expectativas. De su despecho ante la muerte de los héroes y las traiciones sufridas por fines mezquinos a corto plazo. En realidad, no es tanto la victoria del mal como el retiro estratégico del bien. Es una historia que no tiene final pero este relato sí lo tiene. En esta especie de Parnaso descansamos todos tal como somos lejos de la humanidad y más cerca de la imaginación. *Sic transit gloria mundi.*

En épocas pasadas mucho antes de los dinosau-
ros, Roldanillo era un puerto en el mar antiguo donde
todas las hembras eran hijas del mar. Así lo son mis
sobrinas, mis tías y aún Josefina y Graciela. El canal de
riego y la alberca junto con mi acuario son estaciones
de recuperación y procreación. De los peces *koi* se espera que salgan algunos sirenos como también de los
gouramies. Hace tiempo no nacen machos. Esos pechos grandes de Graciela son un vivero con huevos de
sirenos. El valle del Cauca era parte de ese mar antiguo
con dinosaurios y plesiosaurios dominando el mar y la
tierra. Roldanillo surgía como un punto donde existía
un reino independiente de sirenas mucho antes de las
gestas de independencia y la caña de azúcar. La lucha
por verdadera independencia no termina a pesar de las
derrotas. Emergerá otro Simón que podrá librar una batalla definitiva. No es asunto de tiempo porque a este
nivel el tiempo no existe. Todo es un eterno presente en
permanente modo indicativo a varios niveles. En otras
esferas, donde el tiempo reina para facilitar el entendimiento, la vida de las sirenas se cubre de esperanza y
otros continúan la lucha. Por esta razón inspiraron a Rafael Nuñez para incluir esa décima estrofa en el Himno
Nacional

*"Mas no es completa gloria vencer en la bata-
lla, que el brazo que combate lo anima la verdad.
La independencia sola al gran clamor no acalla;
si el sol alumbra a todos, justicia es libertad".*

En realidad, el sol alumbra por encima de todo
en el espacio repleto de estrellas fugaces danzando a

una música sideral. Entonces, María Eugenia ya tú sabes el relato. No se puede decir más. Esto es todo lo que ha sido y es. Falta saber lo que será, pero eso es asunto para otra narrativa bastante más lejana de esta realidad que hemos construido. Verdaderamente, el círculo se cierra sobre sí mismo para continuar la espiral de la vida a través del espacio, más allá de las sombras donde no hay más sombras y todo es transparente. Se ha hecho todo lo posible. Nos corresponde ahora nadar en ese mar de cristal celebrando la independencia y la verdad como seres de cristal con sombras transparentes. Duke Ellington continúa sonando a todo volumen por toda la eternidad. Así termina todo tal cual como lo cantaba Dante en su último verso:

> *"A l'alta fantasia qui mancò possa;*
> *ma già volgeva il mio disio*
> *y el eje sì come rota*
> *ch'igualmente è mossa,*
> *l'amor che move il sole e l'altre stelle.*
>
> *Faltan fuerzas a la alta fantasía;*
> *Mas ya mi voluntad y mi deseo*
> *Giraban como ruedas que impulsaba*
> *Aquel que mueve el sol y las estrellas"*.

Así me despido de la audiencia haciendo una venia y expresando un deseo:
"Hoy me pagaré una visita. Espero estar en casa."[12]

---

[12] Karl Valentin, 1882-1948. Cómico, autor, cineasta alemán. Influyente sobre Bertold Brecht, Samuel Beckett, Vicco von Bulow (Loriot) y Helge Schneider.

Recetas de la Abuela

Se ha hablado mucho de comida en este relato. Los eventos descritos han estado rodeados de comida familiar o el recuerdo de sabores. La abuela era una maga en la cocina con utensilios del siglo XVIII pero un gran conocimiento de materiales y una creatividad legendaria. Ofrezco aquí algunas de sus recetas que si no se pueden replicar exactamente pueden al menos dar una idea general de lo que se saboreaba en su mesa. Conseguir ingredientes exactos a los que ella usó es inútil. Hay muchas nuevas variedades de ingredientes y vale la pena explorarlas. La abuela siempre saboreaba sus platos y solicitaba opiniones prestando atención a los deseos y gustos de personas para complacerlos. Para ella la cocina era una agencia de servicio público y una expresión de amor y cariño en lugar de una operación contabilista medida y contada al detalle. Todas las recetas tienen el acento del valle del Cauca porque la abuela no viajó lejos de su casa en la cima de esa loma en Roldanillo.

Panderos

Los panderos eran inicialmente un producto de la cocina del valle del río Cauca y ahora son nacionales. Tienen una textura crujiente que se desmenuza fácilmente. Son buenos acompañantes de café negro o té gris (*earl gray*).

Ingredientes

1 + 1/2 copas de harina de casava or almidón de yuca (yucarina)
6 cucharadas de azúcar blanca
2 cucharadas de azúcar morena
1 cucharadita de polvo para hornear
Una pincha de sal
1/4 copa de mantequilla descongelada
1 huevo grande a temperatura del cuarto
1 cucharada de aguardiente o extracto de anís (aguardiente es un licor de caña con sabor de anís)

Direcciones

1.- Combine todos los ingredientes y mezcle hasta que la masa se una sin desmoronarse
2.- Haga una bola y cubra con papel o plástico por 30 minutos
3.- Ponga la mezcla en una superficie harinada, divídala por mitad y forme dos rollos
4. Con un cuchillo corte los rollos en

trozos de 2 o 3 centímetros

5.- Haga una impresión al borde de cada trozo con un tenedor

6.- Pre-caliente el horno a 325° F

7.- Coloque los panderos en una hoja de metal a 2 cm uno del otro

8.- Hornéelos hasta que estén dorados. Unos 15 minutos.

9.- Saque los panderos del horno y déjelos enfriar por 5 minutos

10.- Rocíelos con un poco de aguardiente

11.- Sirva y goce.

Pandebono

Pandebono se usa bastante para desayuno o por el atardecer acompañando una taza de café. Se hace con dos clases de harinas. Harina de tapioca o almidón de yuca más harina de maíz. Hay varios productos de harina de maíz procesada (Areparina. Masarepa, etc) que se pueden usar hoy en día. En algunos lugares se encuentra también Harina de Pandebono o mezclas a las que se les pueden añadir queso rallado y huevos. Los quesos le dan el sabor de sal al pandebono. Se pueden usar quesillo, cheddar, mozarella, queso fresco, o queso parmesano o cualquier queso que pueda ser rallado de acuerdo con gusto personal.

Ingredientes

1 copa de Masarepa amarilla (harina de maíz precocida)
1/2 copa de harina de tapioca o almidón de yuca
2 copas de queso rallado
2 huevos
2 cucharaditas de azúcar
sal al gusto

Preparación

1.- Pre-caliente el horno a 400ºF
2.-Mezcle las harinas y el azúcar en un tazón
3.- Añada el queso rallado y los huevos. Mezcle bien con una cuchara. Pruebe por sabor de sal. Añada sal al gusto.
4.- Trabaje la masa hasta que esté uniforme. Si está muy seca añada un poco de leche o natilla (se puede

usar yogur sin sabor). Deje la masa descansar por 10 minutos cubierta con papel o plástico

5.- Forme bolitas del tamaño de bolas de golf

6.- Coloque las bolitas en una plancha engrasada y hornéelas por 20 minutos o hasta que se tornen doradas.

Hace 15 bolitas

Almojábanas

Almojábanas son parecidas al pandebono pero son hechas con harina de maíz. Por esto son libres de gluten, aunque usan huevos para producir la textura y la inflada. Se hacen con un queso llamado cuajada hecho con leche fresca no pasteurizada que se puede remplazar con ricotta, queso granjero o queso fresco. También se puede usar un queso gouda ahumado, aunque tiende a dar un sabor áspero.

Ingredientes
  1 copa de ricotta o requesón
  4 onzas de queso fresco
  4 onzas de queso cheddar rallado
  1/4 copa de natilla o crema de leche
  2 cucharadas de mantequilla
  1 cucharadita de polvo de hornear
  3/4 cucharada de sal
  2 huevos
  1 copa de harina de maíz o Masarepa

Preparación
  1.- Pre-caliente el horno a 350ºF.
  2.- Mezcle los quesos, la natilla y la mantequilla en un tazón hasta que obtenga una buena mezcla. Añada los huevos y mezcle de nuevo.
  3.- En otro tazón mezcle la sal y el polvo de hornear con la harina de maíz o Masarepa. Añada esto a la otra mezcla hasta obtener una textura suave.
  4.- Deje la mezcla descansar por 10 minutos.
  5.- Forme la masa en bolitas de golf colocándolas en

una plancha engrasada.

Colóquelas a 3 centímetros una de la otra.

6.- Hornéelas por 20 a 25 minutos o hasta que se tornen doradas. Las almojábanas se inflan hacia el fin del tiempo de hornear

Cocadas

Muy fáciles de hacer, estas "galletas" son deliciosas y complementan bebidas de jugo de frutas así como café y chocolate. Con un poco de licor asumen un carácter muy adulto.

Ingredientes
(para 12 cocadas)
1/2 tazas de coco rallado
3/4 taza de azúcar blanca
1 1/2 tazas de agua de coco (se puede agregar un tintero de ron o ginebra)
1/4 taza de leche entera
Una pizca de canela en polvo

Preparación
1.- Coloque todos los ingredientes en una olla. Llévelos a hervir y reduzca a fuego lento.
2.- Deje hervir a fuego lento sin tapar por unos 30 minutos o hasta que la mezcla se espese. Revuelva a menudo con una cuchara de madera para evitar que la mezcla de coco se pegue a la olla. No aumente el fuego por ningún motivo.
3.- Usando 2 cucharas, ponga una pequeña cantidad de la mezcla sobre la bandeja para hornear forrada con papel pergamino.
4.- Deje que se enfríen por completo.
5.- Guarde en un envase hermético hasta por dos semanas.

Caldo de Gallina

Ingredientes
2 pechugas de pollo, con hueso y con piel
10 tazas de caldo de pollo
1 cucharadita de comino molido
4 dientes de ajo
1 taza de cebolla, cortada en cubitos
6 cebollas largas, picadas
1/2 taza de cilantro fresco picado
1 taza de granos de maíz, congelado o fresco
2 plátanos verdes, pelados y cortados en trozos
1 taza de zapallo sin cáscara en cubitos
Sal y pimienta al gusto

Preparación
1.- Coloque el pollo en una olla grande con el comino, la sal, la pimienta y el agua. (La piel y los huesos son esenciales para el sabor).

2.- Pique y mezcle el ajo y las cebollas con 1/4 taza de agua. Añada esta mezcla a la olla.

3.- Lleve a hervir, reduzca el fuego y cocine a fuego lento durante unos 30 minutos.

4,- Añada la mitad del cilantro más el maíz, zapallo y plátanos. Sazone con sal y pimienta y cocine por unos 30 minutos o hasta que los plátanos y el zapallo estén tiernos.

5.- Retire el pollo de la olla, quite la carne del hueso, saque la piel y devuelva la carne de pollo a la sopa.

6.- Espolvoreé con el cilantro picado y sirva caliente.

Se puede servir con rebanadas de aguacate

Pastel de Maduro

Esta torta es también típica del valle del Cauca. Se puede servir de muchas maneras. En algunas ocasiones puede ser coronada con crema de leche batida o queso crema

Ingredientes
5 plátanos bien maduros, pelados y majados
2 copas de queso mozzarella rallado
3 huevos batidos
1/4 copa de leche
3 cucharadas de azúcar morena
3 cucharadas de mantequilla derretida
1/2 cucharadita de extracto de vainilla
1/2 cucharadita de polvo de hornear
1/2 cucharadita de canela en polvo
1/4 cucharadita de sal

Preparación
1.- Precaliente el horno a 350° F.
2.- En un tazón grande combine todos los ingredientes y mezcle bien.
3.- Ponga la mezcla en un molde metálico engrasado.
4.- Cocine por 50 minutos.
5.- Saque del horno y deje reposar.

Champús

Esta es la bebida más típica del valle del Cauca servida al clima o con hielo y hecha con maíz, piña, panela, lulo majado, canela, clavos y hojas de naranjo agrio que pueden ser remplazadas con ralladura de cáscara de naranja.

Ingredientes

2 copas de maíz blanco (Se puede usar "hominy" que se consigue en las tiendas)
1/2 libra de panela o azúcar morena
7 lulos, pelados y majados
1 piña pelada y cortada en trocitos
4 hojas de naranja agria o 1 cucharadita de cáscara de naranja rallada
2 astillas de canela
5 clavos de olor

Preparación

1.- Remoje el maíz por la noche
2.- Enjuague bien el maíz al día siguiente y póngalo en una olla grande con agua.
3.- Cocine el maíz hasta que esté blando. Revuelva a menudo y añada agua si es necesario.
4.- Cuando el maíz esté cocido, saque una copa, muélala y añádala a la misma agua.
5.- Prepare un "melao" con 1 copa de agua, panela o azúcar morena, hojas de naranjo, clavos y canela.
6.- Añada el "melao", los lulos majados y la piña. Mezcle todo bien, déjelo descansar y añada hielo. Se puede añadir más agua y azúcar si es necesario.

Envueltos de Choclo

Estos son bastante fáciles de hacer y consumir. Son un elemento delicioso que no toma mucho tiempo en preparar. Son excelentes compañeros para chocolate, café o carnes. Se pueden guardar en la nevera y consumir fríos o recalentados en agua caliente. son excelentes. Esta receta hace entre 10 o 12 envueltos.

Ingredientes
10 mazorcas de maíz tierno
½ libra de queso blanco rallado (es mejor usar queso fresco)
1 huevo batido
1 pizca de azúcar
Sal al gusto
Hojas de choclo (si están muy secas, póngalas en agua tibia por unos minutos para aflojarlas)
Tiras de hojas para amarrar los envueltos (es mejor ponerlas en agua tibia para flexibilizarlas)

Preparación
1.- Rebane el maíz de las mazorcas con un cuchillo bien afilado.
2.- Muela los granos de maíz rallado con el queso.
3.- Agregue el huevo, la sal y el azúcar hasta formar una masa uniforme.
4.- Ponga tres o cuatro cucharadas de la masa en una hoja dejando espacio en los extremos para doblar hacia el centro.
5.- Cierre la hoja teniendo cuidado de doblar bien los extremos.

6.- Amarre el envuelto con las tiras en una o dos áreas.

7.- Ponga los envueltos acostados en una olla con agua hirviente.

8.- Cocine por 30 minutos.

9.- Saque de la olla y deje escurrir el agua.

10.- Sírvalos en la envoltura.

Obras Consultadas

Sabiendo que esta es una novela en lugar de un ensayo académico es aún necesario ofrecer la posibilidad de realidad para calmar las mentes escépticas. Hay una cierta relación entre hechos imaginados y hechos históricos reales. A todo lo largo se navega entre dos realidades sin intención de ofender o afirmar una sola versión. Por eso se ofrece una fuente bibliográfica que ayude a interpretar lugares y datos para satisfacer las exigencias académicas al borde de la imaginación cuando se camina por el terreno sacro de la memoria de don Simón. Se han mencionado obras y nombres que asumen una familiaridad con relatos históricos o geográficos para apoyar excursiones totalmente imaginarias. Las cosas son como las cosas quieren ser.

El puente tendido entre imaginación y realidad es verdaderamente muy estrecho a pesar de nuestra inclinación para transitar solo por los bordes de uno u otro lado. Somos cautivos de certeza y evitamos la incertidumbre. La mayoría en este listado son obras en inglés por ser emblemáticas de una disciplina de pesquisa más austera y corriente. Sin embargo, hay varias traducciones al español de algunas obras que pueden ser consultadas en bibliotecas o librerías locales para satisfacción parcial o total. La vida contemporánea en un ambiente globalizado demanda un cierto grado de poliglotismo para satisfacer las múltiples corrientes que cursan sobre el diálogo diario. No es asunto de ufanarse sino de proveer puntos de contacto que faciliten la navegación y alimenten la imaginación. En todo se trata de inventar una realidad más allá de la formalidad de panteones, cementerios y museos. Una realidad fresca que se escapa del polvo de archivos y registradurías para posar un reto y tal vez alimentar a la imaginación.

El autor confiesa que hay muchas excelentes obras y antologías que detallan la vida de Simón Bolívar que están fuera del alcance de muchos por ser ediciones limitadas o agotadas que ahora pertenecen a bibliotecas regionales o archivos nacionales. Las obras en esta bibliografía representan un epitome de investigación académica en estos días corrientes.

Marie Arana: *Bolivar: American Liberator*. Simon and Schuster. 2014.

David Bushnell (Editor): *El Libertador, Writings of Simon Bolivar*. Library of Latin America. Oxford University Press. 2003.

David Bushnell, *The Making Of Modern Colombia: A Nation In Spite of Itself.* University of California Press. 1993.

Robert Harvey: *Liberators: Latin America's Struggle for Independence.* The Overlook Press. 2000.

Jesus Maria Henao y Gerardo Arrubla: *Historia de Colombia Para La Enseñanza Secundaria.* Nabu Press. 2011.

Alexander von Humboldt, (E. C. Otte, translator): *Cosmos: A Sketch or a Physical Description of the Universe.* The John Hopkins University Press. 1997. with Aimé Bonpland. (Sylvie Romanovky, traductora).

Essay on the Geography of Plants. University of Chicago Press. 2013. (John Block, traductor).

Political Essay on the Kingdom of New Spain. Cambridge Library Collection. Cambridge University Press. 2014. (Mark W. Person, traductor).

Views of Nature. University of Chicago Press. 2014.

Álvaro Tirado-Mejía: *Nueva Historia de Colombia.* Planeta. 1989.

Varios Autores: *Historia de Colombia.* Taurus. 2011.

Andrea Wulf: *The Invention of Nature: Alexander von Humboldt's New World. 2015*

www.ingramcontent.com/pod-product-compliance
Lightning Source LLC
Chambersburg PA
CBHW030117180626

46812CB00002B/455